Barbara Lexa
Die Brücke ins Glück

Ein Ballengang-, Barfußschuhe-,
Achtsamkeits-, Eigenverantwortungs-,
Glücks- und Lebensfreudebuch

D1734674

Die Brücke ins Glück

Barbara Lexa

Ein Ballengang-, Barfußschuhe-,
Achtsamkeits-, Eigenverantwortungs-,
Glücks- und Lebensfreudebuch...

... und begleitende Lektüre zu den jeweiligen Kursen.

Barbara Lexa Verlag

Impressum
ISBN 978-3-00-059408-3
Bestellnummer BLX 134
Umschlag, Fotos und Illustrationen: Barbara Lexa
Druck auf 100% Recyclingpapier
Der Titel „Die Brücke ins Glück" wurde mit freundlicher
Genehmigung vom Calispera Musikverlag
zur Nutzung für dieses Buch überlassen.

1. Auflage 2018
© 2018 BaLeXa, Barbara Lexa Verlag
Wolfratshausen
post@barbara-lexa.de
www.balexa-verlag.de

Inhalt

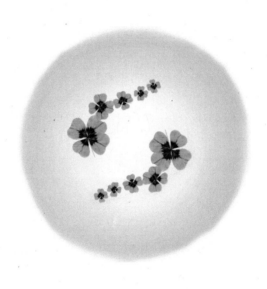

Worte zur Begrüßung

Liebe Leserin, lieber Leser,

wir alle befinden uns auf unserem spannenden Lebensweg, gehen oder fahren so manchen Umweg und stehen vor so mancher Weggabelung, an der wir erst einmal nicht wissen, welche Abzweigung wir nehmen sollen. Jetzt gerade berühren sich unsere beiden Lebenswege, deiner und meiner, weil du diese Lektüre in der Hand hältst, und angefangen hast, darin zu lesen.

Das ist so, als würdest du von deiner Seite aus an eine große Lebensweg-Kreuzung kommen, und ich von meiner Seite aus. Viele Wege gehen von diesem Punkt ab, und es ist weder die erste, noch die letzte Kreuzung auf deinem und meinem Lebensweg.

Doch weil wir uns schon von Weitem sehen, uns zulächeln und uns außerdem die schöne Holzbank unter einer alten Linde einlädt, hier ein wenig zu verweilen, kommen wir beide an dieser Stelle zur Ruhe. Wir begrüßen uns fröhlich, nehmen auf der Bank Platz und schauen in die Landschaft. Jetzt betrachtest du mich genauer, entdeckst meine gelbe Hose, meine bunte Jacke, die ungewöhnlichen und farbigen Zehenschuhe, und du wirst neugierig, was es damit auf sich hat.

Wir haben beide Zeit, der Tag ist noch jung, die Sonne strahlt vom blauen Himmelszelt, es ist der ideale Moment, um ins Gespräch zu kommen.

Wir reden, wir lachen, ich habe viel zu erzählen, bevor wir uns irgendwann wieder voneinander entfernen und unseren eigenen Lebensweg mit neuen Impulsen und Ideen fortsetzen.

Ich lade dich ein, mich auf der zauberhaften Reise durch meine Erfahrungen zu begleiten, und dir dabei das heraus zu nehmen, anzuschauen und zu integrieren, das du gut für dich selbst und dein eigenes Leben gebrauchen kannst.

Sei mein Gast, schau dich um, staune, lache, lächle und nicke, schüttle den Kopf oder ergänze etwas am Rand der Seiten. Alles so, wie es für dich stimmig ist. Was dir nicht für dich passend erscheint, darfst du getrost in deinen mentalen Papierkorb geben oder es für spätere Zeiten in einen imaginären Ordner legen. Alles, was ich dir hier erzähle, entstammt meinem persönlichen Leben und ist deshalb nicht automatisch auch für dich komplett anwendbar. Es ist jedoch alles immer einen Versuch wert. Denn nur, was du wirklich ausprobiert hast, kannst du für dich selbst als hilfreich oder unnütz erkennen. Ich lebe als Menschenfrau ohne einem Orden, einer Sekte, einer Kirche oder einer anderen Organisation anzugehören, völlig frei in meinen Entscheidungen – ich halte mich an die universellen Gesetze und achte darauf, dass durch mich kein anderes Wesen zu Schaden kommt.

Ich bin auch keinerlei Werbeverträge mit Firmen oder andere Zweckverbindungen eingegangen, so dass du hier einzig und allein mein geistiges Eigentum vor Augen hast.

Zunächst hatte ich vor, die Lektüre weitaus umfangreicher zu gestalten. Es gab verschiedene Entwürfe. Bei einem davon fügte ich am Anfang die originale Geschichte von „Fortunarien" ein. Ich meinte, du könntest dann vieles besser nachvollziehen, und erfühlen, wie meine Vorstellungen von einem glücklichen Leben in einer friedlichen Gemeinschaft aussehen. Doch einerseits hätte diese Lektüre dann 60 Seiten mehr, andererseits gibt es das Büchlein „Einmal Fortunarien bitte!" ohnehin noch in meinem Verlag zu kaufen (01). Dieser Schritt war also nicht wirklich nötig.

Später überlegte ich, diese Lektüre als Fortsetzung des Buches „Mein Wechseljahr" (02) zu gestalten, weil auch die nachfolgenden Jahre sich als sehr spannend und wechselhaft erwiesen. Doch wäre so eine Biographie weit umfangreicher und ausführlicher geworden, als es für eine kurzweilige Lektüre über Glück und Lebensfreude tatsächlich nötig ist.

Somit hältst du nun die vereinfachte und klare Form in deinen Händen, den Teil meiner Erfahrungen und Erkenntnisse, welche Lebenskunst, Lebensglück und Lebensfreude an sich betreffen, und die ich dir jetzt an diesem sonnigen Tag auf der Bank im Schatten der alten Linde neben unserer Wegkreuzung anvertraue.

Ich wünsche dir viel Freude beim Lesen und natürlich allzeit viel Glück! Möge diese Lektüre für Dich eine Brücke in die eigene Glückseligkeit sein, und gleichzeitig auch eine Brücke ins Licht.

Barbara Lexa, im Frühling 2018

Felicitas und der Glücksklee

Vor langer, langer Zeit, als die Menschen noch wussten, dass sie mit allen anderen Wesen und der göttlichen Mutter-Vater-Quelle verbunden sind, war die kleine Glücksfee Felicitas immer und überall gerne gesehen.

Kinder, Frauen und Männer luden sie zu sich ein, in dem sie sich auf ihr innerstes, tiefstes Glück besannen, und schon kam Felicitas, die Glückseligkeit, zu ihnen.

Die Fee des Glücks trug ein elegantes, schulterfreies Kleid, dessen Farbverlauf von Orange ganz oben bis Grün an den Knien wechselte. Der Saum war mit großen, grünen Kleeblättern bestickt. Felicitas hatte auch immer ihre zarte und filigrane, goldene Krone auf dem edlen Haupt, deren Enden bei jedem ihrer leichtfüßigen Schritte sanft wippten. Wenn sie ihren Zauberstab schwang, entstand glitzernder Sternenstaub, der sich in den wundersamsten Dingen manifestieren konnte.

Bei jedem Besuch, den Felicitas einem Wesen abstattete, bekräftigte sie ihre Verbundenheit mit allem, und sie pflegte wiederholt zu sagen:

„Sei dir bewusst, wunderbares Wesen, dass ich immer auch in dir bin, du brauchst nur fest an mich zu denken, und dich darauf zu besinnen, dass das Glück tief in dir verwurzelt ist, so wirst du es sofort spüren können."

Doch als die Jahrhunderte so dahin glitten und die Menschen immer weniger an Feen und andere Elementarwesen dachten, weil sie sich mehr und mehr mit ihren Problemen befassten, anstatt sich ihres Glücks bewusst zu sein, wurde Felicitas immer trauriger. Sie sah sich die Welt lange und aufmerksam an. Sie bemerkte, dass sie, die Fee des Glücks, die mit allem und jedem verbunden, und in allen Wesen lebendig war, immer mehr zu verblassen schien.

Plötzlich beteten die Menschen die ferne Glücksgöttin Fortuna und ihr Bild an, anstatt die Glückseligkeit in sich selbst zu fühlen. Sie beteten zu einer fremden Göttin, die sie nun auch noch für das Glück, den Segen und die Fruchtbarkeit zuständig machten.

Sie ordneten dieser unnahbaren Göttin nun auch die Aufgabe zu, Fruchtbarkeit und Lust zu verleihen. Fortuna wurde für lange Zeit nicht nur eine gebende Göttin, die den Menschen reiche Ernte, Kindersegen und Glück bringen sollte, sie wurde im Laufe der Jahrhunderte und Jahrtausende auf der ganzen Welt auch zur Schicksalsgöttin erklärt. Sie wurde als die ferne, mächtige Göttin verehrt, die das Rad des Lebens dreht, die über uns bestimmt und deren Handlungsweise die Menschen angeblich ausgeliefert waren. Da sprachen die Menschen nun von Schicksal, von Geschick und Zufall. Sie begannen, dies so zu deuten, dass etwas geschieht, das niemand vorher ahnen oder voraussehen kann, etwas, worüber die Menschen keine Macht haben, das also von einer höheren Gewalt, von einem oder mehreren Göttern initiiert wurde und nicht nachvollziehbar war. Die Menschen vergaßen völlig, dass sie ganz einfach das ereilt, was direkt mit ihrem Lebensweg und ihrem Verhalten zu tun hat. Sie erinnerten sich nicht mehr daran, dass sie mit ihren eigenen Gedanken, Worten und Taten ihr Leben, und somit auch ihr Glück und ihre Glückseligkeit beeinflussten. Sie wollten nicht mehr wahrhaben, dass alles, was geschah, ihnen ganz gezielt zufiel. Sie sahen ihr Leben nicht mehr als Summe dessen an, was zu ihnen in ihr Leben gehörte, was sie durch ihre Handlungsweise und ihre Wünsche in ihr Leben zogen. Sie schoben alle Geschehnisse Fortuna zu und sahen die kleine Glücksfee Felicitas nicht mehr. Sie nahmen sie einfach nicht mehr wahr. Weder als Glücksfee in der Natur, noch als Glück in sich selbst.

Da wanderte Felicitas traurig am Waldrand entlang, und sinnierte über die Menschen und das Glück:

„Wir alle sind aus ein und der selben göttlichen Quelle entstanden, ganz gleich, ob wir nun an einen oder mehrere oder an keinen Gott glauben. Diese, unsere Urquelle ist ein Wesen reinster Energie, reinster universeller Liebe, die in jedem Wesen als Funken enthalten ist, und in der wir wiederum alle als kleine Funken enthalten sind. Wir sind alle eins (04).

Da die Menschen alle mit allem und mit der Urquelle energetisch verbunden sind, sind sie doch auch mit mir verbunden, denn auch ich bin eine liebevolle, lichte Energie, die wiederum in allen wohnt.

Alle Menschen sind doch auch ein Teil von mir. Wenn sie sich doch nur erinnern könnten!"

Da fragte Felicitas die großen Bäume und ihre Baumgeister, die sehr weise sind, was sie denn tun könne, um den Menschen ein Zeichen zu geben, um ihnen wieder nahe zu bringen, wie sehr sie selbst für das Glück in ihnen verantwortlich sind, und wie sehr sie sich wünschte, wieder mit ihnen verbunden zu sein. Die Bäume wiegten sich im sanften Sommerwind und flüsterten:

„Oh, Felicitas, schau nur an den Saum deines Kleides, dort siehst du das rechte Zeichen." Da senkte die kleine Fee den Blick ein wenig und bemerkte nicht nur den Saum ihres Kleides mit den aufgestickten Kleeblättern, sie sah auch, dass sie mitten in einem Kleefeld stand. Sie war umringt von wunderschönen, vierblättrigen Kleeblättern, die ihr das kleine, grüne Gesicht zuwandten, und mit leisen Stimmen sangen: „Wie sind die Kleeblätter, die Glücksboten, die Zeichen zum Glück, das ist der Trick!"

Da lachte Felicitas über ihr ganzes Gesicht, beugte sich zu ihnen hinab, so dass die filigranen Spitzen ihrer Krone lustig wippten, und sprach: „Oh, ihr wunderbaren Glücksblätter, wie schön, dass es Euch gibt. Ich danke Euch so sehr, dass ihr mir als Zeichen dienen mögt. Von nun an soll es so sein, dass jedes Wesen, das ein Kleeblatt sieht, sich an das Glück in seinem Inneren erinnert, und an mich denkt. So kann die alte, glückliche Verbindung wieder aufgenommen und neu gelebt werden. Das ist wirklich eine wunderschöne Brücke ins Glück!"

Und so ist es heute noch. Wenn wir ein Kleeblatt sehen, verschenken, oder geschenkt bekommen, denken wir spontan an das Glück. Leider meinen viele Menschen fälschlicher Weise, dass der Klee das Glück bringt, doch dem ist, wie wir inzwischen wissen, nicht so.

Das vierblättrige Glückskleeblatt ist das Zeichen von Felicitas, der Glückseligkeit, das uns an unser inneres Glück erinnert.

Es liegt an uns selbst, dieses innere Glück zu fühlen und aus uns heraus strahlen zu lassen, gerade so, als würde Felicitas ihren Sternenstaub über uns ausstreuen. Das geht natürlich besonders gut, wenn wir uns den Einflüssen und Mächten, die auf uns ausgeübt werden, nicht mehr unbewusst hingeben. Wenn wir uns mit wachen Augen anschauen, wer wir wirklich sind, wenn wir uns nicht mehr von Menschen und Dingen im Außen manipulieren lassen und dafür in unser Innerstes blicken, haben wir die Möglichkeit, zu erkennen, dass wir selbst es sind, die für uns und unser Leben verantwortlich sind.

Sobald wir erwachsen sind, und unsere Ansichten nicht mehr denen unserer Eltern, Lehrer, Geschwister und Vorbilder gleichen müssen, dürfen wir unser Leben in die eigenen Hände nehmen.

Die Verantwortung liegt ganz bei uns alleine, bei jeder und jedem für sich. Wir selbst wählen, ob wir gesünder, glücklicher, friedlicher, beweglicher und fitter sein wollen. Wir selbst können das steuern, können mit unseren Gedanken, Visionen, Aussagen und Taten bewirken, dass unsere

Glücksfee sich uns lächelnd zuwendet, indem wir uns unserem Leben selbst zuwenden. Jemand, der sich seiner Eigenverantwortung nicht bewusst ist, oder sie nicht anerkennen will, wird immer versuchen, etwas oder jemand anderes verantwortlich zu machen, deshalb sprachen die Menschen im Mittelalter auch von der „mal Fortuna", der bösen Schicksalsgöttin. Auch heute noch gibt es im Englischen „bad fortune".

Ob es nun der streitbare Nachbar oder Chef, die zickige Schwiegermutter, der launische Freund, der unfähige Handwerker oder der ungehorsame Hund sind, von denen wir uns gestört fühlen, sie alle dienen uns als Spiegel unserer selbst. So sehe ich auch die Fee Felicitas als Spiegel meiner selbst. Sie ist mein Spiegel, ich bin auf den Weg in mein eigenes Glück, und Felicitas ist eine mögliche Brücke, um in dieses innere Glück zu gelangen. Auch ich bin eine ganz normale Menschenfrau, die hin und wieder mit sich und der Welt im Unreinen ist, die sich ärgert und schmollend klein bei gibt, wenn ein Plan sich nicht verwirklichen lässt, ein erwartetes Ereignis nicht oder völlig anders eintritt, als erwünscht. Doch anders als die Menschen im Altertum schiebe ich solche Ereignisse nicht mehr der Schicksalsgöttin zu, sondern weiß, dass ich selbst dafür verantwortlich bin, dass ich meine Handlungsweisen, meine Gedankengänge, meine Ansichten und Einsichten jederzeit selbst ändern kann, um neue Aussichten zu bekommen. Aussichten auf ein Leben in Fülle und Glück, in dem alles fließt, anstatt zu stagnieren oder stehen zu bleiben. Felicitas ist in uns allen, auch in dir. Zur Erinnerung an die Glückseligkeit Felicitas siehst du nicht nur auf dem Einband dieser Lektüre, sondern neben den Seitenzahlen immer ihr spezielles Zeichen, den Glücksklee.

Glücklich Sein

Hast du auch schon einmal den Spruch „Glücklichsein ist eine Entscheidung" gelesen? Vielleicht auf einem T-Shirt, einer Stofftasche, in einer Zeitschrift?

Als ich diesen Satz vor vielen Jahren zum ersten Mal sah, konnte ich ihn kaum glauben. Später wurde mir sein Wahrheitsgehalt immer deutlicher, und eines Tages merkte ich, dass dieser Satz nicht mehr wirklich stimmig für mich ist.

Das Wort Entscheiden kommt aus einer sehr alten, kriegerischen Zeit. Wenn ein Ritter sich dazu entschloss, zu kämpfen, musste er dazu das Schwert aus der Scheide ziehen, er musste es also „ent-scheiden". Sich zu entscheiden bedeutete in der Urfassung also, für den Kampf bereit zu sein, beziehungsweise zu kämpfen. Wenn wir uns für etwas entscheiden, kämpfen wir dafür.

Man könnte das natürlich auch so auslegen, dass wir dann für etwas brennen, es mit Leidenschaft erreichen wollen.

Und da sind wir schon bei den nächsten unbedachten Worten angelangt. Wollen wir wirklich brennen? Muss es erst ein heißes, zerstörerisches Feuer sein, das uns weiter bringt? Müssen wir Leiden schaffen, um glücklich zu sein? Wenn ich mit Leidenschaft für das Glück kämpfe, dann erschaffe ich damit mehr Leid als Glück.

Ich kann auch sagen, wenn ich immer nur hinter einem Bild her laufe, auf dem „Glück" steht, wird mir das irgendwann zu eintönig und frustrierend. Es ist ein andauernder Kampf, weil ich das Glück so nicht erreichen kann.

Natürlich ist es richtig, den Fokus überhaupt auf das Glück zu lenken. Es ist also schon ein guter Schritt, sich für das Glück zu entscheiden, auch wenn die Wortwahl noch nicht stimmig ist.

Du kannst die Entscheidung durch die Wahl ersetzen. Wähle das glücklich Sein. Wähle die höhere Geschwindigkeit und komm auf gleiche Höhe mit der Glückseligkeit. Wenn ich etwas wähle, dann mache ich das freiwillig, fließend, ohne Druck und Kampf. Ich wähle aus mindestens zwei, oft aus mehreren Möglichkeiten die eine aus, die für mich am stimmigsten ist. In diesem Fall wähle ich das glücklich Sein aus. Glück ist demnach keine Entscheidung im Sinne des Schwertziehens, sondern eine freie und friedliche Wahl. In dem Moment, in dem ich das Glück bewusst wähle, gehe ich den zweiten Schritt, ich komme dem glücklich Sein schon viel leichter und fließender nahe, bin schon auf der selben Höhe, so als würde ich neben dem Bild mit der Aufschrift „Glück" her laufen.

Lass dir diesen kleinen Unterschied einmal so richtig durch den Kopf gehen. Setz dich bequem hin, oder lehn dich an einem Baum und teste aus, welcher Satz sich für dich stimmiger anfühlt und anhört.

„Ich entscheide mich, glücklich zu sein."

„Ich wähle das glücklich Sein."

Sprich die Sätze laut aus, jongliere mit ihnen, stell sie um und beobachte, ob sich in dir dabei etwas verändert.

Für mich ist es jedenfalls so, dass ich die Wahl des Glücks als weitaus fließender und angenehmer empfinde, als die Entscheidung dafür.

Ich brauche nicht zu kämpfen, ich kann es fließen lassen.

Das ist wunderschön und macht das Leben leichter. In jeder Alltagssituation kannst du selbst wählen. Kannst immer das Glück wählen.

Auch wenn du in einer langen Schlange warten musst, und alle Menschen griesgrämig aussehen, hast du die Wahl, zu lächeln.

Wenn das mit dem neuen Job nicht klappt, dein Kind in der Schule durchfällt und der Urlaub storniert wird: du hast die Wahl, du kannst in jeder Situation etwas Gutes, Sinnvolles erkennen, kannst immer das glücklich Sein wählen.

Das mag etwas Übung bedeuten und ist am Anfang nicht immer ganz leicht. Doch mit regelmäßiger Praxis wird es zusehends leichter.

So leicht, dass du eines Tages Rückenwind bekommst.

Wenn du bisher mit dem Verstand gedacht hast „ich entscheide mich für das Glück" und „ich wähle das Glück", dann war dein Verstand der Motor, der dich auf selber Höhe mit dem Glück hielt.

Denken hilft uns ein Stück weit, es unterstützt uns, dem Ziel näher zu kommen. Ich habe mich eines Tages gefragt, ob es wirklich nötig ist, immer und andauernd das glücklich Sein zu wählen, oder ob es da noch eine andere Möglichkeit gibt, glücklich zu sein. Und in diesem Moment war mir klar, dass ich mir die Antwort selbst gab. Es geht ums glücklich Sein. Es geht darum, das Glück nicht mit dem Verstand zu erreichen, sondern das Glück mit allen Gefühlen, mit dem ganzen Wesen zu sein. Ich bin glücklich mit all meinem Sein, mit meinem ganzen Wesen in jeder

Zelle, in all meinen energetischen Schichten. Es ist mein Geburtsrecht, meine Geburtspflicht. Nur, wenn das Glück über das Gefühl erlebt wird, und nicht mit Worten, ist es echt.

Ich bin. Ich bin glücklich.

Diese Erkenntnis brachte mir den nötigen Rückenwind ein, um alte Vorstellungen hinter mir zu lassen, und mich der wahren, inneren Glückseligkeit zu widmen. Denn im Gegensatz zum Glück, das auch ein schnelles, unpersönliches Glück auf Kosten anderer Wesen sein kann, bedeutet die Glückseligkeit einen friedlichen, gewaltfreien Seinszustand, der im Sanskrit mit „Ananda", im Amerikanischen mit „Bliss" beschrieben wird, und der auf Lateinisch „Felicitas" heißt, wie unsere kleine Fee.

Fühle in dich hinein, jetzt in diesem Augenblick. Wer, was und wie bist du? Sage laut „Ich bin glücklich. Ich bin glückselig."

Es klappt nicht?

Dann beantworte dir jetzt spontan diese Frage: „Was fehlt mir in diesem einen Moment zum glücklich Sein?" Wenn dir in diesem Moment, in dieser Sekunde, im Jetzt, nichts fehlt – und was bitte sollte dir jetzt im Moment gerade fehlen - dann ist alles gut.

Ich bin glücklich.

Versuche es noch einmal. Und noch einmal. Gehe dazu über, diesen Satz zu singen. Sing ihn laut. Lass ihn voller Lebenslust heraus.

„Ich bin zufrieden und glücklich, es geht mir gut!"

Das ist übrigens eines meiner Mantras auf Bairisch:

„I bin zfriedn und glückli, mir gehts guad!" (03).

Mach dir bewusst, was es bedeutet, zu sein. Zu sein heißt auch, zu spüren, zu fühlen, ausgefüllt zu sein. Sei glücklich. Sei die Glückseligkeit. Sei angefüllt mit Glück. Sei die Felicitas! Das gelingt nicht gleich und sofort? Gib dir die Zeit, die du benötigst, und vor allem atme! Ja, atme langsam und kräftig durch, lass den Odem des Lebens fließen, denn unser Atem ist das Wichtigste, das wir haben.

Achtsamer Atem

Wir leben, weil wir atmen. Wenn wir nicht mehr atmen, lebt unser Körper nicht mehr. Rein technisch gesehen atmet der menschliche Körper aus sich heraus. Das Atmen muss zunächst einmal nicht explizit gelernt werden, wie das Gehen und Sprechen.

Und doch ist es aus meiner Sicht unerlässlich, auf den eigenen Atem zu achten, ihm zuzuhören, und ihn auf positive Weise zu führen.

Bereits als junge Erwachsene beobachtete ich, dass viele meiner Freunde und auch meine jeweiligen Partner schneller und flacher atmeten, als ich. Ganz gleich, ob im Matratzenlager auf einer Berghütte oder auf dem heimatlichen Kanapee, ich bemerkte immer wieder, dass ich in der Ruhephase langsamer atmete, als andere. Das traf ganz besonders auf Männer zu.

Ich wusste allerdings, dass es sich dabei auch um Personen handelte, die weder bewusst Sport betrieben, noch auf ihre Ernährung achteten, und sehr oft auch rauchten und viel Alkohol tranken.

Im Laufe der nachfolgenden drei Jahrzehnte konnte ich immer wieder sehen und hören, dass Menschen neben mir viel schneller atmeten, als ich. Konnte es alleine daran liegen, dass ich mich mehr bewegte, als sie, und dass ich bewusster im Umgang mit meinem Körper wurde? Ich begann, Yoga zu machen, versuchte mich in Aikido, Schwimmen und Laufen, strich bereits vor 15 Jahren jeglichen Alkohol aus meinem Leben und fühlte mich damit sehr wohl.

Eines Tages las ich in dem wunderbaren Buch „Wir fressen uns zu Tode" von Galina Schatalowa (05), dass es von großer Bedeutung sei, den Atem bewusst zu steuern, und dass erfahrene Yogis und Erleuchtete in der Ruhephase nur zwei bis vier Atemzüge in der Minute benötigen. Ich erfuhr, dass es eine unserer menschlichen Aufgaben sei, auf den Atem zu achten, ihn zu trainieren und zu verlangsamen. Ich wollte erst einmal wissen, wie viele Atemzüge ich selbst in einer Minute machte, wenn ich einfach ruhig auf einem Stuhl in der Küche saß. Es wurden acht Atemzüge. Mit etwas Konzentration gelang es mir bald, auch mit sieben Atemzügen auszukommen, und mich dabei immer noch locker und gelöst zu fühlen.

Später lernte ich dann im Yoga auch, zwischen dem Ein- und Ausatmen kleinere Pausen zu machen, einfach nur in Ruhe abzuwarten, bis der Körper ganz von alleine die nächste Atemphase einleitet. Ich gebe ganz ehrlich zu, dass ich diese Atemübungen eher selten bewusst praktizierte, doch es geschah immer mit großer Freude.

Als ich vor zweieinhalb Jahren, im Alter von Achtundvierzig, begann, mit Barfußschuhen im Ballengang zu Joggen, stellte ich auch meinen Atem beim Laufen um. Seit meiner Schulzeit, als eine Sportlehrerin mir geraten hatte, den Atem der Schrittfolge anzupassen, und auf diese Weise im Rhythmus „ein – aus – aus – ein – aus - aus" zu atmen, hatte ich dies über Jahrzehnte hin praktiziert. Ich konnte jedoch kaum mehr als drei Kilometer im Stück laufen, und hatte oft starkes Seitenstechen.

Während der Umstellung meiner Lauftechnik war ich dann so damit beschäftigt, die Füße mit dem Ballen zuerst aufzusetzen, und locker zu bleiben, dass ich mich nicht mehr auf den Atem konzentrierte, sondern ihn einfach frei fließen ließ. Dabei konnte ich sehr schnell beobachten, dass meine Atemzüge langsamer und ruhiger wurden, und dass ich meist vier bis fünf Schritte lang einatmete, und weitere vier Schritte lang ausatmete. Für mich wurde diese fließende Atemtechnik beim Laufen auch deshalb so wertvoll, weil ich spüren kann, dass mein Körper dadurch leistungsfähiger ist, und ich nach meinem Training von mindestens einer Stunde Dauer nicht außer Atem bin. Das fasziniert mich noch immer, und ich genieße es, in wohliger Betriebstemperatur heim zu kommen.

Vor einem halben Jahr traf ich einen Freund, der mir zu diesem Zeitpunkt sehr kurzatmig erschien. Als wir nebeneinander saßen und uns unterhielten, bemerkte ich, dass er in dieser ruhigen Phase dreimal so schnell atmete, als ich.

Als ich ihn darauf aufmerksam machte und ihm vorschlug, einmal seinen Atem zu beobachten und eventuell bewusst zu verlangsamen, fragte er mich irritiert, wozu das gut sei. Er war, wie so viele Menschen, der Meinung, dass der Atem ohnehin automatisch vom Körper reguliert würde. Er sah keine Notwendigkeit darin, auf andere Weise zu atmen, als er es seit fast sechs Jahrzehnten machte. Er konnte mit meinem Vorschlag nichts anfangen. Ich fand das zunächst sehr schade, doch ich weiß, dass ich ihm seine Lebensaufgaben nicht abnehmen kann und darf, dass es sein eigener Lebensweg ist, den nur er alleine gehen kann. Wir sind alle auf unterschiedlichen Lebenswegen, in unterschiedlichen Phasen unterwegs, und sehr oft sind wir für das Eine oder Andere noch nicht bereit. Ich hätte auch nicht gewusst, wie ich ihm den rationellen Sinn des längeren Atems verdeutlichen könnte. Später hörte ich von einer fremdländischen Sage, deren Inhalt mir sofort gefiel.

Es wird berichtet, dass wir Menschen zum Zeitpunkt unserer Geburt eine gewisse Anzahl an Atemzügen für dieses Leben geschenkt bekommen, ohne jedoch die genaue Zahl zu kennen. Wir wissen nicht, ob uns Tausende oder Millionen Atemzüge geschenkt werden. Es kann jederzeit der letzte Atemzug sein.

Wenn es uns auf diesem wunderschönen Planeten Erde gefällt und wir unser Leben lieben, dann haben wir also nur eine Chance, es lange zu genießen: wir atmen so langsam und ruhig, wie möglich, und können unser Leben dadurch um ein Vielfaches verlängern. Für mich persönlich hörte sich diese Geschichte einfach wunderbar stimmig an. Ich finde es essentiell, gesund, wohltuend und glücksfördernd, achtsam zu atmen. Indem ich auf meinen Atem in verschiedenen Situationen achte, kann ich mich selbst besser kennenlernen.

Übrigens gelingt es mir inzwischen, vier Atemzüge in der Minute zu machen, indem ich jeweils viermal ein- und viermal ausatme, ohne das regelmäßig und explizit zu üben. Manchmal denke ich tagelang nicht an meinen Atem, doch wenn ich darauf aufmerksam werde, atme ich ruhig, langsam und bewusst. Das tut mir sehr gut.

Ich probiere aus, wie lange ich gleichmäßig einatmen kann, wie lange ich dann eine Pause machen kann, bevor ich ausatme. Auch nach dem Ausatmen kann ich wieder eine Pause von mehreren Sekunden machen. Natürlich kann ich den Atem auch einfach ohne Pausen fließen lassen. Das kannst du alles ebenfalls ausprobieren und üben.

Das Schöne daran ist, dass wir das Atmen immer und überall beobachten und üben können. In jeder Körperlage und Situation können wir dem Atem lauschen, und spielerisch ausprobieren, wie lange wir ihn anhalten und wie schnell oder langsam wir ihn ausströmen lassen können.

Wir können die Lungen Stück für Stück oder in einem Zug füllen, und wissen doch, dass unser fantastischer Körper automatisch für genügend Luft sorgen wird. Es liegt an uns selbst, in welcher Weise wir ihn das machen lassen. Selbstverständlich findet auch mein Ego, das den Namen Egilie trägt (02) es ganz wunderbar, wenn ich mit Gleichaltrigen unterwegs bin und nach drei Stockwerken im Treppenhaus nach oben kaum schneller atme als sonst, während sie sich anhören wir alte Dampfloks. Mir geht es darum, meinen Körper so beweglich, gesund und fit zu erhalten, dass ich mich als Seele weiterhin darin wohl fühle.

Es gibt noch einen weiteren Grund für mich, auf den Atem zu achten. Da ich davon ausgehe, dass wir Seelen uns dieses Leben aussuchten, um in genau diesem Körper bestimmte Erfahrungen sammeln zu können und Aufgaben zu lösen, haben wir die Möglichkeit, uns dies zu erleichtern, indem wir unseren Körper wie ein wertvolles Fahrzeug oder ein schönes Haus, in dem wir als Seele wohnen, betrachten und behandeln. In diesem Zusammenhang wurde mir auch klar, was Jesus damit meinte, als er sagte, der Körper sei unser Tempel. Für mich hat sich diese Sichtweise als Vorteil erwiesen, denn seitdem ich meinen Körper bewusst achte und pflege, bin ich ihm nicht nur unendlich dankbar für seine treuen Dienste, ich versuche, ihn fit zu halten, und meine Kondition − sowohl körperlich als auch geistig − beizubehalten und weiter zu vertiefen. Dazu gehört in erster Linie das Atmen. Ohne Atem gibt es kein Leben. Ein altes Sprichwort sagt:

„Jemand hat den längeren Atem" - das bedeutet, er oder sie ist in der besseren Situation, hat einen Vorteil, ist in der Lage, abzuwarten und letztlich zu bestehen, worum auch immer es gehen mag. Der langsame und ruhige Atem ist für mich persönlich eine große, weite Brücke ins innere Glück, in die Glückseligkeit und ins Licht.

In diesem Sinne wünsche ich dir einen langen und gesunden Atem!

Achtsame Wortwahl

Über die Wörter Entscheidung und Wahl habe ich vorhin bereits geschrieben, doch es gibt noch sehr viele Wörter, die wir unbewusst nutzen, ohne ihre wahre Bedeutung zu kennen.

Stell dir vor, ich wollte neulich eine Freundin treffen. Oh, natürlich wollte ich sie nicht mit etwas treffen, ihr also nichts antun. Ich hatte weder eine Steinschleuder noch einen Bumerang oder gar eine Pistole dabei. Vielleicht sage ich besser, ich wollte ihr begegnen. Obwohl, in diesem Ausdruck steckt auch das Wort „Gegner", und er scheint mir deshalb nicht mehr geeignet. Ich sage besser, ich wollte mit ihr zusammen kommen oder zusammen sein.

Ja, das fühlt sich gut an: ich wollte mit ihr zusammen sein.

Du merkst, es ist gar nicht immer so einfach.

Wenn du dich mit deiner eigenen Wortwahl erst einmal beschäftigst und dir selbst ehrlich zuhörst, kannst du vielleicht auch erstaunliche Zusammenhänge beobachten. Mir geht es jedenfalls immer noch so, obwohl ich schon vieles aus meinem Wortschatz verabschiedet habe.

Vor Kurzem stand ich auf einer Feier mit vielen anderen Frauen vor einem schön gedeckten Buffet, als die Gastgeberin verlauten ließ: „Das Buffet ist eröffnet!". Genau in diesem Moment sagte die Dame neben mir: „na, dann können wir ja zuschlagen!"

„Zugreifen!", ergänzte ich leise, „Lass uns lieber zugreifen, wir wollen ja nichts erschlagen!". Sie schaute mich entgeistert an und widmete sich irritiert dem Buffet. Du merkst, worauf es mir ankommt? Es geht mir um den Unterschied zwischen Wörtern, die auf fließende Weise das zum Ausdruck bringen, was du wirklich sagen willst, und solchen, die von der Grundbedeutung her aggressiv oder kriegerisch sind.

So, wie ich vor einigen Jahren gefühlt habe, dass die alten traditionellen Texte zu den Jodlern (03) nicht mehr in die neue Zeit passen, weil sie trennend und sehr klischeehaft sind, fühle ich auch, dass wir in vielen Wörtern eine alte, kriegerische, trennende Bedeutung aussprechen, auch, wenn es uns nicht bewusst ist.

Alles ist Schwingung, auch und gerade meine gedachten und ausgesprochenen Worte. Deshalb fühle ich mich umso glücklicher, wenn ich wieder ein Wort aus meinem Wortschatz entlassen kann, weil es nicht mehr zu mir gehört. So ging es mir auch mit dem Wort „aber". Ich empfinde es als äußerst trennend und aggressiv. Ich kann es in den meisten Fällen durch das Wort „und" ersetzen, denn dann bleibt alles friedlich. Dazu führe ich ein kleines Beispiel an:

„Es war eine schöne Wanderung aber es war sehr heiß."

Du könntest auch sagen:

„Es war eine schöne Wanderung und es war sehr heiß."

Im ersten Fall bedeutet das „aber", dass die ursprünglich schöne Wanderung durch die große Hitze nicht mehr schön war. Das eine schließt das andere aus. Im zweiten Fall geschah beides gleichzeitig. Es war heiß und es war eine schöne Wanderung, alles durfte friedlich parallel geschehen.

Ich bin selbst noch immer erstaunt, wie oft sich das Wort „aber" in meine Erzählungen mischt, obwohl ich es schon so lange durch andere Worte ersetze. Allein dies zu beobachten, gibt mir ein völlig neues Verständnis der Zusammenhänge. Einerseits empfinde ich das Wort „aber" als kriegerisch und möchte es durch das Wort „und" ersetzen, was mir auch schon sehr oft gelingt. Andererseits geschieht es noch immer, dass ich ganz automatisch „aber" sage, und dann über mich selbst staune. Welch unglaublich hoher Automatismus hat sich da eingeschlichen? Es dauert länger, als ich erwartet hatte, etwas zu verändern, das sich über viele Jahrzehnte eingelebt hat.

Und doch ist es tatsächlich möglich. Dass es möglich ist, und mir immer besser gelingt, bringt mich dem glücklich Sein immer näher. Ich merke, dass es an mir selbst liegt, dass ich immer die Wahl habe.

Ähnlich verhält es sich mit dem Wort „muss". Es baut meiner Meinung nach immer gehörigen Druck auf, sowohl auf andere, als auch auf uns selbst. Ich hatte viele Jahre die Angewohnheit, zu sagen: „Ich muss noch schnell Wäsche waschen, ich muss jetzt noch die Spülmaschine ausräumen, ich muss noch schnell eine Bestellung fertig machen..."

Was für ein Druck! Und das, obwohl es sich um Tätigkeiten handelt, die ich relativ gerne mache. Heute sage ich entweder: „Ich wasche jetzt Wäsche, ich räume noch die Spülmaschine aus, ich mache noch eine Bestellung fertig", oder ich sage gar nichts, und mache es einfach.

In Bezug auf andere Menschen ist das natürlich genauso möglich, wenn auch nicht immer leicht. Statt ein „Du musst noch dein Berichtsheft schreiben!", ist zwar „Du solltest noch dein Berichtsheft schreiben" weitaus friedlicher, doch mir persönlich gefallen Sätze wie: „Schreib bitte noch dein Berichtsheft." noch viel besser. Probiere es aus. Wenn du das nächste Mal etwas Bestimmtes von einem anderen Menschen haben möchtest, achte darauf, wie du es bisher formuliert hast und höre hin, wie sich das für dich anfühlt. Würdest du gerne so angesprochen werden? Klingt deine Formulierung drückend oder fließt angenehme Energie?

Experimentiere mit verschiedenen Formulierungen, teste aus, wie die Menschen in deinem Umfeld darauf reagieren. Ich kann dir nur sagen, das wird spannend!

Ein sehr wichtiges und in unserer Gesellschaft kaum beachtetes Gebiet sind für mich die Worte und Bezeichnungen, die wir in Bezug auf die innigste Intimität zweier Menschen, auf die körperliche Liebe hin verwenden. Ohne hier alle Begriffe aufzuführen, möchte ich dich darauf hinweisen, dass wir überwiegend Wörter aus dem Krieg, aus Kämpfen und von schwerer Arbeit benutzen. Nur sehr selten werden Begriffe, die wirklich mit Zuneigung und Liebe in Verbindung gebracht werden, verwendet. Wenn etwas bumst, dann explodiert es. Will ich explodieren? Ein Hammer, ein Schlegel, ein Schwert, das alles sind Werkzeuge, mit denen sogar jemand getötet werden kann. Den Rammbock, mit welchem im Mittelalter wehrhafte Befestigungen und Burgen gestürmt wurden, nannte man Fickbaum. Was ein Rammbock mit Liebe zu tun hat, brauche ich nicht erst zu fragen.

Unsere Umgangssprache ist voller solcher kriegerischer und zerstörerischer Ausdrücke, die wir häufig hören und verwenden, ohne uns deren Bedeutung bewusst zu sein. Ich bin der Meinung, dass es an der Zeit ist, den eigenen Wortschatz zu überprüfen und im Sinne der wahren Glückseligkeit zu erneuern. Was wir aussenden, kommt zu uns zurück. Das betrifft auch alle unsere Worte.

Es gibt jede Menge Möglichkeiten, die ursprüngliche Bedeutung von Wörtern und Begriffen herauszufinden. Im Internet ist dem Informationsfluss kaum Grenzen gesetzt und wenn du lieber in einem Buch blätterst, dann empfehle ich dir den umfangreichen „Kluge" (07), ein etymologisches Wörterbuch der deutschen Sprache, das Friedrich Kluge verfasst hat, und das ich immer zu Rate ziehe.

Die achtsame Wortwahl gehört inzwischen genauso zu meinem eigenen Glück, wie das achtsame Atmen und das achtsame Gehen im Ballengang.

Ballengang

Achtsam gehen betrifft meiner Meinung nach mehrere Bereiche. Da ist zuerst einmal die Achtsamkeit, die ich dem Untergrund entgegen bringe, auf dem ich mich fortbewege. Sehe ich eine Weinbergschnecke, einen Käfer oder ein anderes Lebewesen, das den Weg überqueren will, so bücke ich mich, hebe es auf und setze es behutsam auf die andere Seite, weil ich schon zu viele unachtsam zertretene Lebewesen sehen musste.
Manche Mitmenschen finden das übertrieben und sie machen mich dann darauf aufmerksam, dass ich nicht die ganze Welt oder alle Tiere retten könne.
Natürlich kann ich nicht alle Tiere der ganzen Welt retten, doch ich halte mich hier an die Aussage des Dalai Lama. Er schilderte einst in einem Interview, dass er immer dann, wenn er einem Tier oder einem Menschen helfen kann, dies auch macht. Denn nur, wenn wir in unserem eigenen Lebensumfeld nach dem Rechten schauen, achtsam sind und achtsam handeln, kann sich die Achtsamkeit eines Tages auch auf andere Bereiche übertragen, kann motivieren und als Vorbild dienen.
Schließlich sind wir alle miteinander verbunden und es ist außerdem ein sehr glückliches Gefühl, dem kleinen Käfer, der Raupe, dem Regenwurm und der Schnecke zuzuschauen, wie sie ihren Weg in Sicherheit weiter gehen. Niemand kann die ganze Welt alleine retten, denn das ist nicht unsere Aufgabe hier auf der schönen Mutter Erde. Es ist vielmehr unsere Aufgabe, unsere eigene Welt zu retten, indem wir sie so friedlich und liebevoll gestalten, wie möglich.
Dazu gehört es für mich eben auch, auf meinen Weg zu achten. Dadurch, dass ich mit den Augenwinkeln den Weg wahrnehme, sehe ich auch viel schneller, wenn etwas Gefährliches auf der Straße ist, wie etwa Glasscherben oder eine Vertiefung, bei der man sich verletzen könnte. Übrigens kannst du die Verletzungsgefahr durch den Ballengang verringern.
Sobald du dich mit dem Ballengang befasst, tauchen folgende Fragen auf: Wie genau setze ich den Fuß auf?
Mit der Ferse oder mit dem Vorfuß zuerst?
Es gibt eine kleine Übung, die mich jedes Mal wieder fasziniert, und die ich dir ans Herz lege.

Übung 1

Geh barfuß oder in Socken zügig durch einen Raum deiner Wahl. Geh so, wie man es uns beibrachte, mit den Fersen zuerst und halte dir dabei die Ohren zu. Bei jedem Schritt wirst du einen inneren Schlag, ein dumpfes Beben spüren, weil dein ganzes Skelett dabei erschüttert wird. Jeder Rumms geht auf Kosten deines Körpers, Hunderte am Tag, viele Tausende jedes Jahr. Geh danach noch einmal zügig mit zugehaltenen Ohren durch den Raum, indem du jetzt mit dem Vorfuß, also dem Ballen zuerst auftrittst, etwa so, wie wenn du barfuß über einen steinigen Weg gehen würdest. Du wirst nichts mehr hören. Keine Schläge, keine Erschütterungen. Alles ist leise und ruhig, der Ablauf ist nur als fließende Bewegung wahrnehmbar.

Das ist der Grund, warum ich nur noch im Ballengang laufe und meist auch gehe. Weil das für mich und mein ganzes Skelett schonender ist, weil das die natürliche Gangart von uns Menschen ist, weil kleine Kinder ohne Schuhe noch immer so gehen, bis man es ihnen abtrainiert. Hast Du schon einmal kleine Kinder auf dem Spielplatz oder im Sandkasten beobachtet? Sie laufen intuitiv mit dem Vorfuß zuerst, ohne sich dabei Gedanken zu machen.

Erst, wenn ihnen die Eltern Schuhe mit harten Sohlen und Absätzen anziehen und ihnen, von Lehrern und Ärzten angespornt, immer wieder sagen, dass sie über die Ferse abrollen sollen, machen sie es. Ich habe es auch gemacht. Und das, obwohl die menschliche Ferse nicht wirklich rund ist. Sie ist keine Kugel, über die man abrollen könnte, sie ist eckig wie ein Scharnier, und über eine Ecke kann ich nicht abrollen.

Der Vorfuß dagegen ist mit seinem fleischigen Ballen dazu bestimmt, das Gewicht, die Schritte und die Bewegungen abzufangen, probiere es einfach einmal aus.

Seit ich so gehe, und ich gehe überall so, auch im Hochgebirge, auf Waldwegen voller Wurzeln, auf Kies oder Gras, auf Pflaster und Asphalt sowie auf eisigen Flächen, gehe ich sicherer. Sicherer, fragst du?

Ja, du liest richtig. Indem ich den Vorfuß zuerst aufsetze, entwickelt sich eine völlig andere Motorik. Der Fuß lernt, Unebenheiten dadurch auszugleichen, dass er sich blitzschnell minimal dreht, bevor er die Ferse auf den Boden setzt. Spürt der Vorfuß eine Wurzel oder einen Stein, reagiert der ganze Körper blitzschnell und setzt die Ferse so auf, dass das Gleichgewicht gehalten werden kann. Setzt du die Ferse jedoch zuerst auf und trittst mit ihr auf eine Wurzel oder einen Stein, verlierst du leicht den Halt, kippst oder knickst um, und die Verletzungsgefahr ist weitaus größer. Stell dir dieses Bild konkret vor: vor dir liegt ein loser, relativ runder, etwa 3 cm großer Stein auf dem Boden. Das weißt du jedoch nicht. Du gehst über die Ferse. Du hebst den Fuß und setzt ihn schräg von oben wieder auf den Boden. Die Ferse trifft genau auf unseren Stein. Was passiert? Vermutlich wirst du entweder mit dem ins Rollen kommenden Stein wegrutschen und somit aus dem Gleichgewicht geraten, oder du verlierst den Halt und knickst am Knöchel um. Das kann sehr schmerzhaft sein und ist eines der größten Probleme bei Läufern und Wanderern, die sich auf herkömmliche Weise bewegen.

Jetzt stell dir vor, du gehst über den Ballen. Du hebst den Fuß und setzt ihn vom Knie aus senkrecht nach unten auf dem Stein ab. Der Stein wird dich zunächst drücken. Entweder das macht dir nichts aus, und du gehst einfach weiter, oder der Körper reagiert blitzschnell, indem er dich inne halten lässt, so dass Du den Schritt korrigierst. Die Gefahr, wegzurutschen oder gar umzuknicken ist weitgehend gebannt.

Ich persönlich bin überglücklich, dass ich meine Schritte auf diese Weise setze. Anfangs machte mich das etwas langsamer. Doch nach ein paar Wochen Eingewöhnungszeit wurde ich im Ballengang genauso schnell, wie ich zuvor über die Ferse gehen konnte. Ich fing vor über zwei Jahren, im Januar 2016 an, auf diese Weise zu Laufen. Ich sage gerne auch Traben dazu, weil diese Gangart ausschaut, wie bei einem trabenden Pferd, im Gegensatz zum herkömmlichen Joggen, das über die Ferse geschieht.

Ich habe dadurch auch viel mehr Ausdauer bekommen. Das hängt wiederum mit der Bauart unserer Füße zusammen. Sie haben von Natur aus ein wunderschönes Fußgewölbe, das du dir vorstellen kannst, wie einen aus Steinen gelegten Rundbogen oder ein raffiniert konstruiertes Gewölbe in einem großen Keller, der ein hohes Gebäude tragen kann. Vielleicht ist über dem Bogen ein Tanzsaal, in dem viele Menschen herum hüpfen, vielleicht arbeiten schwere Maschinen, es spielt keine Rolle. Die Steine wurden so bearbeitet, dass sie mehrere Stockwerke und deren lebendige Bewohner tragen können.

Weißt du, oder kannst du dir vorstellen, was passiert, wenn nun jemand kommt, und mit einer Stange oder etwas ähnlichem von unten her immer wieder in den Bogen, in das Gewölbe drückt? Es geht kaputt. Es wird gelockert und zerbricht schlichtweg, denn es ist so gebaut, dass es dem Druck von oben standhalten kann, jedoch nicht dem Druck von unten – das ist nicht vorgesehen. Kannst du nachvollziehen, was passiert, wenn wir unsere wunderbaren Fußgewölbe - Leonardo Da Vinci sagte, sie seien göttliche Bauwerke – von unten her mit so genannten Fußbetten und Einlagen „stützen"? Vielleicht denkst du jetzt, du müsstest unbedingt diese Schuhe mit Absätzen und so genanntem Fußbett oder deine Einlagen tragen, weil der Doktor sie dir verschrieben hat und weil deine Füße schon so kaputt sind. Der Körper kann sogar schwere Schäden regulieren, wenn du ihm die Möglichkeit dazu gibst, und an ihn glaubst.

Der Punkt ist, sich artgerecht zu bewegen, und das Fußgewölbe so zu nutzen, wie es ursprünglich von der Natur her gedacht ist. Alles ist immer deine Wahl. Du darfst und sollst jedoch in erster Linie dir selbst, deinen Füßen und deinem Körper vertrauen, denn es ist deiner ganz alleine. Niemand anders als du selbst fühlt und spürt das, was du spürst.

Ich habe durch das vermehrte Gehen im Ballengang und mit nackten Füßen außerdem eine positive Regulierung der Körpertemperatur bei mir selbst bemerkt.

Seit ich im Ballengang und so oft wie möglich barfuß gehe, habe ich über längere Zeiträume auch warme Füße. Wenn ich barfuß im Keller die Wäsche aufhänge, spüre ich den kalten Betonboden. Wenn ich danach die Treppe hinauf gehe, nehme ich den Teppich darauf wahr und in meiner Wohnung freuen sich meine Füße dann sehr über den warmen Korkboden in der Küche. Die Abende, an denen ich mit Eisbeinen ins Bett schlüpfte und stundenlang nicht schlafen konnte, weil meine Füße einfach nicht warm werden wollten, sind definitiv vorbei. Ist das nicht herrlich? Die Faustregel lautet: erst, wenn die Temperatur der Luft so kalt ist, dass ich Handschuhe benötige, brauche ich auch einen Kälteschutz für die Füße. Zum Schutz von Glasscherben, spitzen Steinen und großer Verschmutzung sind Minimalschuhe ausreichend. Unsere Füße sind Sinnesorgane, die durch Schuhe mit Absätzen und harten Sohlen verkümmern.

Es wird Zeit, sie wieder so zu nutzen, wie sie von Natur aus konzipiert wurden, als Gegenstücke zu unseren wunderbaren Händen und als Tastorgane, die unserem Körper bei jedem Schritt sagen, wie und wohin er das Gewicht verlagert, um sicher zu gehen. Du bist dran, probiere es aus!

Barfußschuhe

Sinn und Ziel der Fortbewegung im Ballengang ist zweifelsfrei das Barfußgehen. Doch wir leben in einer Gesellschaft, die sich an Schuhe nicht nur gewöhnt hat, sondern diese für normal und unumgänglich hält. Es ist einerseits relativ auffällig, als einziger Mensch unter lauter beschuhten Zeitgenossen mit bloßen Füßen zu gehen, andererseits scheint es manchen Mitmenschen zu gefährlich oder auch einfach zu schmutzig, um die nackten Füße überall aufzusetzen.

Obwohl mit dem Barfußgehen meistens auch eine achtsamere Gehweise einhergeht, kann ich es gut nachvollziehen, dass in manchen Situationen und an bestimmten Orten eine Art von Schutz angebracht ist. Eines ist jedoch schnell klar: mit normalen Schuhen, mit harter Sohle und womöglich mit Absätzen, kannst du nicht im Ballengang gehen.

Das funktioniert rein technisch nicht.

Was also machst du, wenn du im Ballengang, jedoch nicht barfuß unterwegs sein willst? Du besorgst dir Barfußschuhe. Noch vor ein paar Jahren gab es diese Bezeichnung nicht einmal, inzwischen gibt es einen ganzen Markt für diese Gruppe von leichten Schuhen mit flexibler Sohle.

Ich erzähle dir kurz, wie ich selbst auf dieses wunderschöne Thema aufmerksam wurde. Es begann damit, dass die Autorin Sabrina Fox eines schneebedeckten Märztages barfuß bei mir im Jodelkurs erschien. An diesem Tag berichtete sie, dass sie dabei sei, ein Buch über ihr Experiment, ein Jahr lang barfuß zu gehen, zu verfassen. Dieses Buch (08) las ich dann Anfang Januar 2016 in einem Zug durch. Ich konnte es nicht mehr weglegen und war derart fasziniert, dass ich beschloss, sofort mit dem Ballengang zu experimentieren. In kurzer Zeit wurde ich auf zwei weitere Bücher aufmerksam, die mir ebenfalls wertvolle Impulse gaben.

Die Titel und Verlagsangaben der drei inspirierenden und überzeugenden Bücher von Sabrina Fox (08), Christopher Mc Dougall (09) und Dirk Beckmann (10), findest du am Ende meiner Lektüre bei den Hinweisen.

Durch Sabrina Fox erfuhr ich auch von den Barfußschuhen, die es uns ermöglichen, so zu gehen, als hätten wir keine Schuhe an. Ihre Sohlen sind so leicht, dünn und elastisch, dass sie sich jeder Bewegung anpassen und wir sie kaum spüren, sie sind je nach Modell auch so griffig, dass sie uns sowohl im Hochgebirge als auch auf nassem Boden, im Gras und auch im Schnee sicheren Halt geben. Zudem bieten sie durch die relativ dünne und elastische Sohle die Möglichkeit, Unebenheiten und Steine zu spüren, und sie wie eine Fußmassage zu genießen.

Meine Lieblingsschuhe sind – ich habe definitiv keinen Werbevertrag – die Schuhe von Vibram, die Five Fingers heißen. Sie funktionieren wie Fingerhandschuhe. Jeder Zeh hat eine eigene Tasche, in die er schlüpft. Am Anfang braucht es etwas Übung, doch nach einer Eingewöhnungsphase wissen die Zehen bald ganz von alleine, wie weit sie sich spreizen und strecken sollen, um ganz in den Schuh zu schlüpfen. Die Motorik meiner Füße hat sich in den zwei Jahren, seit ich diese Schuhe trage, sehr verbessert. Ich kann jetzt sogar abwechselnd mit den kleinen oder großen Zehen winken, und nehme nicht nur Unterschiede in der Bodenbeschaffenheit sondern auch der Temperatur genauer wahr.

Viele meiner Freundinnen und Bekannten haben inzwischen diverse Arten von Barfußschuhen ausprobiert. Manche sind von meinen geliebten Five Fingers genauso begeistert wie ich, andere bevorzugen Barfußschuhe anderer Firmen, bei denen die Zehen nicht getrennt werden. Am Ende des Buches findest Du Beispiele für Barfußschuh-Marken (11).

Normale Schuhe sind im Vergleich zu Barfußschuhen wie Fäustlinge zu Fingerhandschuhen. Versuch doch mal, in Fäustlinge gehüllt, auf der PC-Tastatur zu tippen, einen Schal zu stricken, oder Obst zu schneiden.

Warum sollten wir unseren Zehen weiterhin verbieten, Tastsinn und Motorik zu trainieren, und sich frei zu bewegen?

Ausschlaggebend ist, dass die Sohle ganz beweglich und durchgängig gleich dünn ist. In dem Moment, wo meine Ferse erhöht ist, kann ich keinen eleganten und tänzerischen Ballengang mehr anwenden. Das geht auch nicht mit Schuhen, die einen Absatz in irgendeiner Form haben. In dem Moment, in dem die natürliche Stellung der Fußsohle verschoben wird, sind wir gezwungen, über die Ferse zu gehen. Ich frage mich manchmal, ob die Schuhhersteller das wissen, und ob Schuhe mit Absätzen bewusst hergestellt werden, damit unsere Gelenke schneller verschleißen, oder ob das Wissen über den natürlichen Ballengang einfach noch nicht wieder aus der tiefen Versenkung aufgetaucht ist.

Zum Glück finde ich immer wieder passendes Schuhwerk für mich, auch wenn es nicht explizit als Barfußschuh ausgezeichnet ist.

Vor allem im Winter wurde die Frage nach Stiefeln ohne jeglichem Absatz und mit weicher, flexibler Sohle immer dringender. Von den Five Fingers gibt es inzwischen einige Angebote, von denen jedoch keines wirklich zu mir passt. Entweder handelt es sich um Schuhe aus Wollfilz, die bei kleinster Feuchtigkeit das Wasser aufsaugen, oder es handelt sich um Stiefel aus Känguruleder, beide Modelle kommen für mich als Veganerin nicht in Frage. Ich habe mir auch die warmen und als Barfußschuhe angepriesenen Stiefel angeschaut, deren veganes Material man um die Waden wie einen Wickelschurz windet und mittels Klettverschluss fixiert.

Doch zu meinem Bedauern kann ich damit nicht wirklich gut im Ballengang gehen, und außerdem zieht es im Winter doch durch die Ritzen des gewickelten Stiefels.

Als ich mit diesen Wickelstiefeln trotzdem eines Tages zwei Kilometer zu Fuß zurücklegte, hatte ich an beiden Fersen zwei riesige, schmerzhafte Blasen. Das kenne ich von den Five Fingers sonst nicht. Die besten Erfahrungen habe ich mit ganz einfachen Matschstiefeln aus weichem Kunststoff gemacht. Sie sind warm und absolut dicht, vegan und sehr bequem, und sie haben eine flexible Sohle, mit der ich im Ballengang gehen kann. Allerdings ist ihr Profil nicht hochgebirgstauglich, weshalb ich immer die Augen nach Alternativen offen hielt.

Ende Januar 2018 habe ich deshalb auch noch ganz einfache Neoprenschuhe sowie gefütterte Trekkingschuhe von Vibram in Form von Five Fingers getestet. Ich stapfte mit einer Freundin zwei Stunden lang durch den tief verschneiten Winterwald hinauf zur Lenggrieser Hütte.

Beim Hinaufgehen trug ich die doppelwandigen, gefütterten Trekkingschuhe von Vibram, die jedoch nach kurzer Zeit schon nass waren und auch meine Zehensocken samt Füße einweichten. Zum Glück war mir vom permanenten Aufstieg warm genug, so dass meine nassen Zehen im Schnee nicht froren.

Auf der Hütte oben angekommen, wechselte ich das Schuhwerk und ging mit den Neoprenschuhen bergab. Sie waren wunderbar flexibel, warm und weich, rutschten jedoch relativ heftig, so dass ich um meine beiden Stöcke froh war, und mich dennoch wie auf Schlittschuhen bewegte.

Kurz bevor wir unten im Tal den Parkplatz wieder erreichten, wurden auch die Neoprenschuhe undicht, so dass wir erst einmal im Hirschbachstüberl Pause machten. Während ich mir die veganen Spezialitäten schmecken ließ, trockneten meine Socken und Schuhe auf einem Heizkörper. Inzwischen habe ich mir für meine Matschstiefel die passenden

Schneeketten, auch Grödel genannt, besorgt, so dass ich für weitere Winterwanderungen im Ballengang gerüstet bin. Obwohl ich den Winter und seine frische Luft liebe, gern Wintersport treibe und mich an Schnee- und Eiskristallen kaum satt sehen kann, freue ich mich auf den Frühling, der mir ermöglichst, in leichten Minimalschuhen zu laufen und zu gehen.

Mein Ziel für diesen Sommer ist es, immer öfter ganz ohne Schuhe unterwegs zu sein. Deshalb übe ich auch über den Winter immer wieder, barfuß zu gehen. In meiner Wohnung klappt das schon relativ gut, denn ich brauche meist erst gegen Abend meine flauschigen Kuschelsocken, wenn die Füße dann doch zu kalt werden.

Ich gehe tagsüber auch barfuß in den Keller zum Wäsche waschen, betrete das Pflaster vor dem Haus, um die Post aus dem Kasten zu holen, und staune darüber, wie unterschiedlich sich alles anfühlt.

Der kalte Betonboden im Keller fühlt sich ganz anders an, als das Pflaster im Hausgang, und ich liebe es inzwischen, mehrere Schritte im Schnee zu gehen. Wenn ich dann wieder in die Wohnung komme, fühlt sich der Boden ganz warm an, obwohl ich keine Fußbodenheizung habe.

Als ich vor über zwei Jahren mit dem Ballengang begann, und gerade in der Küche übte, kam meine Tochter hinzu. Sie ließ sich alles erklären und beobachtete meine Übungen. Dann sagte sie:

„Mama, geh doch nochmal ganz normal, und dann nochmal im Ballengang, jeweils vor und zurück." Ich folgte ihrer Bitte. Als ich mich im Ballengang von ihr wegbewegte, sagte sie hinter mir schelmisch:

"Also, wenn du so gehst, hast du einen viel knackigeren Hintern!"

Ich muss heute noch schmunzeln, wenn ich daran denke. Sie hat mich einfach überzeugt, die Kunst, mich auf natürliche Weise elegant und tänzerisch durch den Alltag zu bewegen und dabei die Gelenke zu schonen.

Schreiten

Wenn du bei nächster Gelegenheit einmal die Menschen um dich herum beobachtest, wie sie gehen, wie sie sich fortbewegen, dann wirst du sicher viele sehen, die einen eher schleppenden Gang haben und die Schultern hängen lassen. Sie sind müde von der Arbeit, geplagt von ihren Sorgen und meistens in schwere, dunkle Farben gekleidet. Außerdem treten die Menschen für gewöhnlich über die Ferse auf.

Beobachte ganz genau, ob und wie oft du jemanden siehst, der elegant geht, so als würde er schreiten. Du siehst niemanden schreiten? Das wundert mich nicht. Dann wechseln wir mental in einen Film.

Ja, die Könige und Adeligen in Historienfilmen, die Darsteller von Göttern und anderen mächtigen Wesen schreiten stolzen Hauptes breite Treppen hinunter, und hinterlassen den Eindruck, dass sie unantastbar, unanfechtbar und unbeirrbar sind. Unsere Mitmenschen sind für gewöhnlich weit vom Schreiten entfernt. Wie ist das bei dir?

Warum solltest du überhaupt schreiten? Was hätte das für Vorteile dem üblichen Gehen gegenüber? Das ist ganz einfach erzählt.

In dem Moment, in dem du versuchst, zu schreiten, bist du gezwungen, deinen ganzen Körper aufzurichten. Gerade so, als wäre an deinem Scheitelpunkt eine Schnur befestigt, an der nun von oben gezogen wird. Um zu schreiten, ist es nötig, die Schultern nach hinten zu nehmen, den Nacken nach unten zu lockern, und gleichzeitig nach oben zu wachsen. Es ist nötig, den Kopf anzuheben und eine königliche Haltung anzunehmen, auch wenn du politisch gesehen keine Königin, kein Staatsoberhaupt bist. Du bist immer und überall aufgefordert, deine eigene Königin, deine eigene Göttin, deine eigene Fee Felicitas zu sein.

Übung 2

Schlüpf einfach in die Rolle der Fee in dir, und such dir eine Treppe, die sich zum Schreiten eignet. Vielleicht gibt es vor deiner Haustüre drei Stufen, vielleicht wohnst du in einem höheren Stockwerk und nimmst heute einmal nicht den Aufzug, vielleicht kennst du eine Unterführung, einen Stadtplatz oder eine Haltestelle, deren Treppe du jetzt ausprobieren kannst. Wenn du unten stehst, gehe zuerst einmal ganz normal hinauf. Jetzt wachse in die Höhe, richte dich auf, werde zur Fee und mach den ersten Schritt. Fällt dir etwas auf? Du gehst automatisch mit dem Ballen zuerst. Das machen wir Menschen alle so, wenn wir eine Treppe hinunter gehen. Beweg dich langsam und bewusst. Beobachte deine Haltung und korrigiere deine Gesichtszüge nun zu einem breiten Lächeln. Schreite lächelnd die Stufen hinunter, königlich, aufrecht und bewusst. Sobald du unten ankommst, dreh dich um und versuche, auch königlich nach oben zu schreiten.

Übung 3

Kombiniere das Schreiten jetzt mit folgendem inneren Mantra:
„Ich bin glücklich, ich bin meine eigene Glücksfee."
Stell dir vor, dass du ein weiches, farbiges, wallendes Gewand anhast, dessen weite Ärmel bei jedem Schritt wippen, dessen Saum im Rhythmus deines Schreitens auf den Stufen wippt.
Übe das so lange, bis du dir sicher bist, wirklich schreiten zu können. Dann verlege das Schreiten auf die Ebene, und denk an das Lächeln. Schreite zur Abwechslung wieder über den Fersengang. Schreite mit erhobenem Haupt und aufgerichteter Wirbelsäule, indem du über die Ferse gehst. Präge dir ein, wie sich das anfühlt. Dann schreite die selbe Strecke noch einmal im Ballengang, indem du den Vorfuß zuerst aufsetzt, so, als würdest du eine Treppe hinunter schreiten.

Als ich diese Übung zum ersten Mal machte, fiel mir sofort auf, dass das königliche Schreiten über die Ferse kaum funktioniert, während es mir über den Vorfuß sehr leicht fiel, schwungvoller und fließender war.
Experimentiere mit dir selbst, mit deinen Füßen, deinen Schritten.
Bewege deine Hüfte sanft zu jedem Schritt, gerade so, dass sich alles natürlich und elegant anfühlt.
Wenn du Lust hast, probiere einmal aus, ob du mit Highheels auch schreiten kannst, und ob sich dein Skelett dann auch so aufrichten lässt, wie im Barfußgang. Beobachte auch andere Frauen, die mit hohen Absätzen gehen, vor allem jene, die es eilig haben. Wie wirkt das auf dich?
Ich habe sehr oft den Eindruck, als kämen mir Maschinen entgegen, so eckig wirkt ihr Gang auf mich. Und es muss sich dabei um sehr alte Maschinen handeln, denn das, was uns die Technik mittlerweile in Punkto menschliche Roboter auftischt, sieht für mich bei Weitem fließender aus,

als eine Frau mit sehr hohen Absätzen, die versucht, elegant und schnell zu gehen. Die nächste Übung verlegst du dann in ein Lokal deiner Wahl. Ganz egal, wie du deine Lieblingsgaststätte sonst immer betreten hast, betrete sie dieses Mal schreitend, wie die Glücksfee es machen würde. Gehe bewusst mit erhabenem Haupt, aufrecht und elegant über den Ballen. Beweg dich durch den Raum, als würdest du ein Ballkleid tragen und bereits im Thronsaal erwartet werden.

Das kannst du natürlich auch im Supermarkt üben. Du kannst es mit und ohne Einkaufswagen üben, mit und ohne Waren auf dem Arm. Es spielt auch keine Rolle, ob um dich herum viele andere Kunden sind, oder ob du kurz vor Ladenschluss ganz allein im Geschäft bist: schreite. Wenn du zu deinem Chef gerufen wirst: schreite. Und lächle.

Denn er weiß nicht, dass in jedem von uns die Glückseligkeit lebt, er hat keine Ahnung davon, dass das regelmäßige Schreiten deine Haltung und somit auch dein Selbstbewusstsein verbessern und steigern kann.

Also lächle, und zeige es ihm und allen anderen.

Falls du noch zusätzlich Inspiration benötigst, kannst du dir alte Tanzfilme aus den fünfziger Jahren mit Gene Kelley, Fred Astair oder Gene Nelson anschauen. Warum sieht das Tanzen bei Ihnen so elegant, so leicht aus? Weil sie fast immer nur über den Vorfuß auftreten.

Vielleicht kommst du dir anfangs komisch vor, wenn du über den Vorfuß schreitest und nicht mehr über die Ferse gehst. Ich habe mir in den ersten Wochen öfter gedacht, was wohl die anderen Menschen sagen werden. Doch die große Masse der Menschen schaut nicht auf dich und mich, sondern nur aufs Smartphone, und die wenigen, die ihre Augen offen halten und sich ihrer Umgebung bewusst sind, schauen oft mit einem erstaunten Lächeln. Manch ein Zeitgenosse hat mir schon lachend zugerufen: „Was für coole Schuhe", oder „wie elegant!"

Das passiert mir auch beim Laufen, welches, wie bereits erwähnt, bei mir so aussieht, wie der Trab eines Pferdes. Abgesehen davon, dass ich durch den Ballenlauf meine Gelenke schone, weit mehr Ausdauer habe und weniger heftig atme, als andere Läufer und Läuferinnen, es sieht wirklich leichter aus. Ich wurde schon oft darauf angesprochen. Erst vor wenigen Wochen überholte mich ein älterer Radfahrer und sagte im Vorbeifahren: „Bei Ihnen sieht das Laufen so leicht aus, und sie haben gar keinen roten Kopf auf!" Ja, da ist auch etwas dran. Ich sehe immer wieder andere Jogger, die im gängigen System über die Ferse laufen. Der Großteil wirkt eher gehetzt denn entspannt, die Gesichtszüge sind ernst und verbissen, die Farbe im Gesicht nähert sich der einer reifen Tomate. Wenn du das auch schon beobachtet hast, so kennst du jetzt eine der möglichen Antworten. Diese Läufer wissen noch nicht, was sie ihrem Körper, ihren Gelenken, Muskeln und Sehnen antun, indem sie so laufen. Natürlich gehört zu jeder Veränderung der Geh- oder Lauftechnik eine angemessene Eingewöhnungszeit.

Falls du vorhast, im Ballengang zu laufen, beherzige bitte, dass du anfangs nur kurze Strecken auf diese neue Weise zurücklegst.

Bewegungsabläufe, die sich über Jahrzehnte eingeprägt haben, lassen sich nicht in wenigen Stunden und Tagen ausradieren.

Gib deinem Körper die Zeit, die er benötigt, um den Wechsel zu erkennen, zu lernen und umzusetzen. Sonst kann es passieren, dass du dich verletzt, und irrtümlich meinst, die Verletzung komme daher, weil du im Ballengang läufst. Dabei kommt sie daher, dass du deinem Körper zu viel auf einmal zugemutet hast.

Es ist ganz natürlich, dass die Sehnen und Muskeln an den Füßen erst einmal verwirrt sind, und dies durch ein Ziehen oder leichte Schmerzen zum Ausdruck bringen. Bei mir wurde die Übergangsphase durch ein paar Tage unterbrochen, in denen meine Sehnen so schmerzten, dass ich nicht laufen konnte. Ich redete mit ihnen und erklärte ihnen, dass sie da nun durch müssten, weil ich es für sinnvoller hielt, in der neuen Technik zu laufen. Ich beschränkte mich auf kurze Strecken und blieb geduldig. Nach etwa sechs Wochen hatten sich meine Füße daran gewöhnt und seither laufe ich 2-3 Mal in der Woche meine acht bis zehn Kilometer.

Ganz besonders schön finde ich es, über alte Holzbrücken im Ballengang zu schreiten, und sie so zu einer Brücke ins Glück zu machen.

Wenn du mehr über die genaue Ballengang-Technik wissen, und dir Übungen dazu zeigen lassen möchtest, freue ich mich sehr, dich an einem meiner Ballengang-Tage zu begrüßen.

Dass ich jetzt mit Einundfünfzig mehr Ausdauer habe, weitere Strecken laufe und mich dabei weitaus wohler fühle, als in jungen Jahren, liegt meiner Meinung nach nicht nur an der neuen Lauftechnik.

Ich habe die Erfahrung gemacht, dass vor allem die Art der Ernährung sehr großen Einfluss auf unser körperliches und seelisches Befinden hat.

Friedensnahrung

Nachdem ich einmal begonnen hatte, Achtsamkeit zu praktizieren, wollte ich diese in immer mehr Bereiche übernehmen. Denn Achtsamkeit ist Zuwendung. Und aus der Zuwendung erwächst die Liebe, und aus der Liebe weitere Achtsamkeit. Bei uns allen verläuft dies unterschiedlich, jeder Mensch geht seinen eigenen Weg, hat seinen eigenen Rhythmus, seine eigenen Vorlieben und Ideale.

Friedensnahrung bedeutet für mich zum einen, dass die Nahrung, die ich zu mir nehme, aus friedlicher Herkunft stammt. Das heißt, dass kein einziges Wesen dafür eingesperrt, gezüchtet, malträtiert oder ermordet wurde. Zum anderen bedeutet es, dass diese Nahrung auch in mir selbst zu mehr Frieden beiträgt, weil sie mich wirklich nährt, anstatt meinem Körper Stoffe zu geben, wie zum Beispiel von toten Tieren, die er nicht verarbeiten kann, und die dann – oft erst nach vielen Jahrzehnten – dazu führen, dass der Körper sich mit Krankheitssymptomen dagegen wert.

Bei mir begann die friedliche Ernährung erst mit Anfang Vierzig. Ich war zwar immer schon sensibel, wenn es um die Achtsamkeit unseren Tiergeschwistern gegenüber ging, doch blendete ich alles aus, was in irgendeiner Weise grausam war. Ich wollte es schlicht nicht wissen. Die Wahrheit sah ich erst relativ spät, und mit dem Erkennen derselben kam die Achtsamkeit ganz von alleine.

Vor nunmehr acht Jahren, Anfang 2010, erhielt ich von einem guten Freund einen Zeitungsartikel geschickt, mittels dessen ich sehr viele Daten und Fakten zur Tierhaltung und zur vegetarischen Ernährung erfuhr, so dass ich mich von einem auf den anderen Tag als Vegetarierin wieder fand. Ich konnte und wollte es nicht mehr verantworten, dass für mich so viele Tiere elendig gehalten und getötet werden mussten. Ich wollte nicht mehr am Tod von anderen Lebewesen beteiligt sein. Dazu liebe ich meine Tiergeschwister viel zu sehr. Ich hatte mir bis dato einfach nie wirklich Gedanken darüber gemacht oder aber die schrecklichen Szenen im Schlachthaus ausgeblendet, wenn es darum ging, Teile von toten Tieren zu essen.

Nach diesem Zeitungsbericht jedoch wusste ich, dass ich nichts mehr ausblenden und verschönern wollte. Weil ich dies zunächst nur dadurch verhindern konnte, in dem ich keine toten Tiere mehr konsumierte, war das die einzige Wahl. Es fiel mir unglaublich leicht, weil ich von diesem Moment an bei jedem Stück Fleisch, bei jeder Wurst, bei jedem Fischstäbchen sah, was sich dahinter verbirgt. Dass es sich nicht um irgend ein Stück Nahrung handelt, die auf Bäumen oder Feldern wächst, sondern dass es sich um ein Stück eines ehemals lebendigen, leidensfähigen und dann brutal getöteten Tieres handelt, verursachte mir Übelkeit, allein beim Gedanken, es essen zu müssen. Bei allen anderen Tierprodukten wie Eier, Milch, Käse, und deren unzähligen Variationen, machte ich mir erst noch keine Gedanken. Nach und nach erfuhr ich jedoch die genauen Hergänge in der Milchproduktion, in der Tierhaltung, in der Herstellung all dieser Nahrungsmittel.

Zwei Jahre später hatte ich große Mengen an Informationen verarbeitet, Bücher zum Thema gelesen und vieles ausprobiert und es gab eine weitere Konsequenz. Ich übernahm die Verantwortung dafür, dass auch kein einziges Tier mehr für mich leiden oder eingesperrt werden musste. Wenn schon, denn schon. Ich wusste von diesem Augenblick an:

Für mich wird kein Tier mehr eingesperrt, der Freiheit beraubt, der Kinder und seiner Milch beraubt, für mich braucht kein Huhn mehr mit gekürztem Schnabel und unter enorm grausamen Bedingungen im Käfig zu sitzen, für mich muss kein Kalb mehr tagelang verzweifelt nach seiner Mutter schreien, und keine Kuh mehr vergewaltigt werden, damit sie Milch geben kann, kein einziges männliches Küken wird für mich mehr geschreddert und keine einzige Seidenraupe wird für mich bei lebendigem Leib ins kochende Wasser geworfen. Für mich wird kein Schaf mehr elend an zu viel Wolle und den darin befindlichen Maden eingehen - oft wird die Wolle sogar mitsamt der Haut abgeschnitten - und kein Meerestier gewaltsam an Land gebracht. Ich könnte diese Aufzählung unendlich weiterführen, doch letztendlich läuft es immer darauf hinaus:

Aus der Vegetarierin wurde über Nacht eine Veganerin, die weder Federbetten, Daunenjacken, Ledergürtel und -Taschen, Felle, Seide, Wolle, Eier, Milchprodukte jeglicher Art, Gelatine, Quarkumschläge noch Eiweißkleber nutzt oder konsumiert.

Die Tatsache, dass ich dafür einstehen kann, ein wunderbares Leben leben zu können, ohne jegliches Tierleid produzieren zu müssen – weder passiv noch aktiv – entfaltete in mir einen großen inneren Frieden, eine Glückseligkeit, die mit nichts anderem zu vergleichen ist. Plötzlich floss ungeahnt viel Liebe in mir zu allen Wesen und besonders zu den Tieren auf unserer Erde. Mir wurde klar, dass es keinen Unterschied macht, ob wir über Haus-, Wild- oder Nutztiere reden. Es spielte plötzlich keine Rolle mehr. So, wie ich meinen Hund oder meine Katze nicht leiden lassen oder gar essen wollen würde, so betraf das jetzt auch alle anderen Tiere. Mir wurde bewusst, wie rassistisch es ist, zwischen Tierarten zu unterscheiden, wo wir doch gerade dabei sind, auf menschlicher Ebene alle Wesen als gleich würdig zu betrachten.

Für mich lässt sich das Vegansein am Besten mit einer Schwangerschaft vergleichen. Plötzlich übernimmst du als Frau Verantwortung, schützt das heranwachsende Wesen in dir, ernährst dich bewusster, hörst auf zu rauchen – sofern du das überhaupt getan hast – und trinkst keinen Alkohol mehr. Du willst dem Kind, das in dir heranwächst und für das du Sorge trägst, die besten Voraussetzungen für ein langes, gesundes, selbst bestimmtes Leben geben. Du entwickelst ungeahnte Kräfte, um dieses Kind zu schützen, zu verteidigen, und in extremen Situationen setzt du dafür sogar das eigene Leben aufs Spiel. Mutterliebe macht dies möglich.

Nur es ist so: Entweder ich bin schwanger, oder ich bin es nicht.

Ein bisschen schwanger gibt es nicht.

So ist es auch mit dem Vegansein. Entweder ich bin vegan mit allen Konsequenzen, oder ich bin es nicht. Dann bin ich vielleicht einer der vielen Vegetarier.

Vielleicht ein Ovo- oder ein Lakto-, oder gar ein Flexitarier? Was auch immer, es bezieht sich dann nur auf die Ernährung und nicht auf den gesamten Lebensbereich. Das ist ein sehr großer Unterschied.

Das Vegansein bringt für mich hoch schwingende Liebe und noch mehr Achtsamkeit und Aufmerksamkeit mit sich. Ist der Fruchtsaft mit Gelatine aus Schweineknochen geklärt, musste dafür ein Schwein sterben? Ist in diesem Brot Milch enthalten, wurde das Kalb, für das die Milch bestimmt war, gemästet und dann getötet oder direkt umgebracht? Sind in diesem Kuchen Eier? Ist in meiner Schokolade, die ohnehin frei von Kinderarbeit ist, noch Milchpulver? Will ich das alles gedankenlos hinnehmen oder meine Nahrung und die Welt der Tiere doch besser mit meiner Liebe und Achtsamkeit durchfluten?

Am Anfang kann es durchaus umständlich sein, überall die Zutatenlisten durchzulesen und sich im Bekanntenkreis durchzusetzen.

Manch einer hat mich erst für verrückt erklärt, den Kopf geschüttelt und versucht, mir einzureden, dass ein Stück Kuchen mit Eiern oder ein Stück

Schokolade mit Milchpulver doch nichts ausmachen würden. Und anfangs habe ich dann tatsächlich öfters solche „Ausnahmen" gemacht. Anschließend habe ich mich nicht wohl gefühlt und mich geärgert, dass ich nachgab, dass ich nicht den Mut hatte, für mein Vegansein einzustehen, nur um andere nicht vor den Kopf zu stoßen. Auf Dauer halfen diese Ausnahmen niemandem. Ich habe gelernt, die Wahrheit zu sagen, ich habe gelernt, im Zweifelsfall nur Brot und Essiggurken zu essen, und ich habe inzwischen immer Fruchtriegel für den Extremfall in der Tasche. Je mehr ich vorsorgte, desto mehr wurde mein Status akzeptiert.

Inzwischen wissen meine Freunde und Bekannten ganz genau, was sie mir anbieten können. Da sich mein Freundeskreis in den letzten acht Jahren ohnehin verändert hat, bin ich mittlerweile von vielen anderen Veganerinnen und Veganern umgeben. Ich bin unendlich dankbar für diese, meine Wahl. Auch du hast immer die Wahl.

Du kannst immer ja oder nein sagen.

Zu dir selbst, zu deinen Tiergeschwistern, zur Liebe.

Zur reinen Verantwortung und Liebe für die Tiere kommen die vielen wissenschaftlichen und spirituellen Erkenntnisse. Es ist schon lange erwiesen, dass uns Menschen pflanzliche Nahrung gut tut, weil allein schon alles Grüne uns so ähnlich ist. Chlorophyll setzt sich molekular fast genauso zusammen, wie unser menschliches Blut, und die Energie der Sonne ist in allen frischen Pflanzen, Nüssen, Samen, Früchten und Blättern noch enthalten, während ein totes Tier keine Lichtenergie mehr liefern kann. Wie sollte das auch funktionieren? Mittlerweile lassen sich diese Energiefelder sogar wissenschaftlich nachweisen, während es vor wenigen Jahrzehnten nur die Kirlian-Fotografie gab, auf der man sehen konnte, wie viel Licht ein grünes Blatt ausstrahlt, im Gegensatz zu einem Stück toten Tieres.

Falls du Interesse an Büchern und Medien zum Thema hast, findest du am Ende meiner Lektüre Nachweise für Filme und literarische Werke. Am bedeutsamsten waren für mich die Bücher „Stopp – die Umkehrung des Alterungsprozesses" von Andreas Campobasso (12) und „Heliand – Evangelium des vollkommenen Lebens" von Edmund Székely und Purcell Weaver (13).

Den Film „Gabel statt Skalpell" (14) in dem die ebenfalls als Buch herausgegebene „China Studie" von T. Colin Campbell (15) dargelegt wird, kann ich dir sehr ans Herz legen. Er ist sehr klar, informativ und gut recherchiert. Ein Film, der ebenso, wie der erst 2017 erschienene Film „The end of meat" von Marc Pierschel (16), Mut macht, das Herz öffnet und eine friedliche Zukunft hoffen lässt.

Ich bin nun seit mehr als sechs Jahren vegan, ernähre mich sehr viel von Rohkost, und ich bin damit glücklich. Meine Seele jubelt dabei und meine Schwingung ist leicht. Auch du hast die Möglichkeit, etwas Neues auszuprobieren, deinen Körper mit dem Besten zu versorgen, was Mutter Erde für uns Menschen vorgesehen hat, und deshalb auch für uns wachsen lässt: Obst, Gemüse, gekeimtes Getreide, Nüsse, Salat und Wildkräuter voller Sonnenkraft und Licht, welches wir direkt in unsere Zellen aufnehmen können.

Hast du gewusst, dass unsere Zellen mit Licht kommunizieren? Sie senden und empfangen die Botschaften zu ihrer Vermehrung durch Lichtimpulse. Das funktioniert jedoch nur, wenn die Zellflüssigkeit klar und sauber ist. Das wiederum ist sie nur dann, wenn sich ein Mensch so ernährt, dass sich keine Schlacken absetzen. Schlacken in den Zellen verhindern die sinnvolle Verständigung und somit auch das gesunde Zellwachstum. Und wie entstehen diese Schlacken?

Durch all die Bestandteile unserer Nahrung, die der Körper nicht verarbeiten kann. Dazu gehören laut Aussage vieler Autoren, Ärzte und nach meiner eigenen, langjährigen Erfahrung vor allem diese Zutaten:

Tote Tiere, Tierprodukte allgemein, Alkohol, Kaffee, weißer, industriell verarbeiteter Zucker, industriell verarbeitetes Salz und weißes Mehl.

Neben der eigenen Gesundheit ist die vegane Lebensweise auch eine hervorragende Möglichkeit, den Hunger in der so genannten dritten Welt zu vermindern. Unzählige Menschen in diesen Ländern bauen auf ihren kargen Böden Viehfutter an, das nach Amerika und Europa exportiert wird, damit Schlachtvieh gefüttert und zu Fleisch verarbeitet werden kann. Laut einiger Studien von PeTa, dem Vegetarierbund und weiteren Forschungen auf diesem Gebiet, verzehrte jeder Deutsche im Jahr 2011 durchschnittlich 88,7 Kilo Fleisch, bei den Amerikanern waren es 123 Kilo pro Kopf. Die Werte stiegen seither noch an. Zur Herstellung von einem Kilo Rindfleisch – also so lange, bis das Kilo im Tier schlachtreif herangewachsen ist – werden 15.500 Liter Wasser verbraucht.

Zum Vergleich: um ein Kilo Kartoffeln anzubauen, benötigt man nur 900 Liter Wasser. Mit jeden Tier, das nicht gezüchtet wird, und das deshalb auch kein Tierfutter aus Afrika benötigt, hat eine afrikanische Familie die Möglichkeit, auf dem kargen Grund für sich selbst etwas anzubauen und davon zu leben, anstatt das Tierfutter für wenig Geld zu verkaufen.

Doch halte ich es für weitaus sinnvoller, hier nicht nur die Nachteile der Tierproduktion auf Mensch und Erde aufzuführen, sondern die Vorteile des veganen Lebens vorzuleben, indem ich gesund, körperlich und geistig fit und mit weit geöffnetem Herzen mein Leben in Frieden lebe.

Übung 4

Probiere es für einen oder zwei Monate, gehe in die Achtsamkeit. Schnuppere an rohem Fleisch und an Sonnen gereiften Tomaten. Riechst du den Unterschied? Schau in die Augen eines Kalbes, eines Schweines, eines Huhns. Streichle sie. Rede mit ihnen. Mach dich mit ihnen vertraut und versetz dich in ihre Lage. Sie sind unsere Geschwister. Wir tragen Sorge für sie. Stell dir vor, es käme plötzlich ein großes Monster, das sich einbildet, mehr Wert zu sein, als du. Es kommt einfach her, sperrt dich und deine Familie ein, beutet dich aus und bringt deine Geschwister um, um sie zu essen.

Ich finde diesen Gedanken ganz fürchterlich und würde alles tun, um das zu verhindern. Ich stelle mir oft vor, dass die göttliche Quelle meine und unser aller Eltern darstellt. Wir alle, Menschen und Tiere sind deren fröhliche, laut lachende, gesunde Kinder. Alle Kinder werden gleich liebevoll in die Familie integriert. Manche Kinder lernen nicht sprechen, können nicht gehen, haben Flügel, Krallen und Hufe. Doch zweifellos fühlen sie Freude und Schmerz, Liebe und Angst und zeigen mit Mimik und Gestik, welche Bedürfnisse sie haben. In ihren Augen kann die Familie lesen, was sie gerade brauchen oder nicht wollen. So wachsen auch diese Kinder glücklich und gesund in unserer Familie auf, weil sie in göttlicher Liebe entstanden, weil wir alle aus der selben göttlichen, lichtvollen Quelle stammen, und das selbe Recht auf Glück und langes Leben haben. Keines der größeren und älteren Kinder in unserer Menschenfamilie sollte auf die Idee kommen, ein Geschwisterkind einzusperren oder zu quälen, geschweige denn, es zu ermorden und aufzuessen, nur weil es nicht sprechen oder gehen kann, wie es selbst. Wir sind die älteren Geschwister der Tiere, die für deren Wohlergehen sorgen, weil sie selbst es nicht immer können. Unsere Tiergeschwister fühlen wie wir, leiden Schmerzen, lieben einander und uns, lernen gerne neue Dinge, und lieben das Leben in Freiheit noch mehr, als wir. Alle Säugetiere haben übrigens auch ein limbisches System, das unter anderem das so genannte Kuschelhormon Oxitocin produziert. Somit sind Tiere genau wie wir Menschen in der Lage, eine tiefe Bindung zu ihren Artgenossen, ihren Kindern und Partnern aufzubauen. Das betrifft auch die Fische, bis hin zum Wal. Als ich vor einigen Jahren zum ersten Mal hörte, dass wir die Fastenspeise Fisch einem katholischen, so genannten Kirchenvater zu verdanken haben, weil er Fische schlichtweg zur Wasserpflanze umwidmete um sie dann als „Flussgemüse" auszuweisen, konnte ich das kaum glauben.

Mittlerweile habe ich jedoch in die fundierte und sehr aufwändig recherchierte „Kriminalgeschichte des Christentums" von Karlheinz Deschner (17) Einblick genommen. Unter allen Gräueltaten der letzten 2000 Jahre, die im Namen Gottes verübt wurden, und die mir beim Lesen buchstäblich die Luft nahmen, blieb mir die Sache mit den Kreuzzügen gegen die so genannten Ketzer besonders im Gedächtnis.

Seit ich verstanden habe, wann und wie alle heiligen Schriften und im Besonderen die Bibel verfälscht wurden, was nachweislich herausgestrichen, und durch das Gegenteil ersetzt worden war, ist mir vieles klarer.

Die Institution Kirche hat mit der Lehre Jesu nichts mehr gemein. All das, was Jesus verurteilte – und da gehörte neben den Priesterkasten, den Tempeln aus Stein und der ganzen Hierarchie auch das Schlachten und Essen von Tieren dazu (18) – wurde von den mächtigen Kirchenoberhäuptern und Päpsten besonders forciert. Da wurden sogar Bannsprüche ausgesprochen auf all jene, die sich weigerten, Tiere zu essen, und diese Bannsprüche wurden bis heute nicht aufgelöst!

Es gab bis ins Mittelalter immer wieder große Gemeinden, die nach der Lehre Christi lebten und weder Tiere, noch deren Produkte wie Milch, Käse und Eier aßen. Sie begründeten dies unter anderem damit, dass sie nichts essen wollten, das mit dem Beischlaf und der Fortpflanzung der Tiere zu tun hat. Diese Erklärung war neu für mich, entspricht allerdings genau meinem innersten Gefühl, denn auch die Tiere haben eine Seele.

Über viele Jahrhunderte lang lebten diese Menschen, zu denen auch die Katharer, die Albigenser und die Bogomilen zählten, praktisch vegan. Doch die Institution Kirche sah darin ein Vergehen, und machte aus den wahrhaft christlichen Menschen ganz einfach Ketzer. Ketzer war fortan, wer sich weigerte, Tiere und deren Produkte zu essen. In den ersten Jahren des 13. Jahrhunderts ermordeten Mitglieder der katholischen Inquisition an die 30.000 vegetarische Ketzer. Laut alten Aufzeichnungen waren es allein in der Stadt Toulouse 10.000 Opfer. (17)

Natürlich kenne ich auch die Stimmen, die ein veganes Leben mit Mangelerscheinungen in Verbindung bringen. Aus meiner Sicht trifft das nicht zu. Mangelerscheinungen haben viel schneller jene Menschen, die sich einseitig und von so genanntem Junkfood ernähren, und die ihren wunderbaren Körper mit chemischen Stoffen vergiften. Eine abwechslungsreiche vegane Ernährung ist für mich die absolute Glücksnahrung. Ich bin nun im siebten Jahr glücklich vegan, nehme absolut keine Zusatzstoffe zu mir und bin frei von Mangelerscheinungen. Ich habe vor einem Jahr einen großen Bluttest machen lassen, der wie erwartet ausfiel, alles absolut im grünen Bereich. Selbstverständlich kann es zu Mangelerscheinungen kommen, wenn du dich nur von Pommes und Torten ernährst. Da spielt es rein gesundheitlich keine Rolle, ob die Torten vegan sind, oder nicht. Die Basis der veganen Nahrungspyramide sind und bleiben frisches, rohes Obst und Gemüse, Wildkräuter, Salate, Nüsse, gekeimte Samen. Erst danach folgen andere Zutaten wie Kartoffeln, Nudeln, Lupinenjoghurt, Seitan, vegane Süßigkeiten und dergleichen.

Wir gehen alle gemeinsam den Weg zum Frieden, zum Licht, so als gingen wir einen steilen Berg hinauf. Die erste Etappe ist es, das Einsperren und Töten der Tiere hinter uns zu lassen, und vegan zu werden. Erst, wenn eine große Menge Menschen diese Etappe erreicht hat, können wir weiter bergauf gehen. Eine nächste Etappe ist es dann, nur noch von frischen Früchten, Gemüsen, Kräutern, Beeren, Nüssen und Samen zu leben. Wir brauchen sie auch nicht mehr zu kochen, weil sie im ursprünglichen, rohen Zustand - als „Frohkost" (19) - ohnehin am gesündesten sind. Wie beim Fieber im menschlichen Körper, das ab 42°C tödlich ist, werden Eiweiße, Enzyme und Vitamine in Pflanzen ebenfalls ab 42°C geschädigt oder zerstört. Immer mehr Menschen fühlen sich, so wie ich, deshalb mit der veganen Rohkost inzwischen glücklicher und leichter.

Die nächste Etappe ist dann das Essen der wahren Geschenke von Mutter Erde, nämlich all derer Früchte, die uns direkt vom Baum oder Strauch in die Hände fallen. Erst auf dem Gipfel angekommen leben wir dann von Lichtnahrung. Wenn auch einzelne Menschen schon vorausgeeilt sind und mit dieser Lichtnahrung Erfahrungen sammeln, so ist doch die große Masse noch ganz unten, am Fuße des Berges, dort, wo noch willkürlich über das Leben anderer entschieden wird und das Blut unserer Geschwister fließt. Unsere höchste Aufgabe ist es, energetisch mit unserer Mutter Erde zu schwingen. Es hilft nichts, wenn wir ihr voraus eilen, und es ist auch nicht förderlich, zu weit zurück zu bleiben. Jetzt ist die Zeit, um gemeinsam auf eine pflanzliche Ernährung umzusteigen. Das ist der erste, hilfreichste Schritt ins Glück für uns selbst, unsere Tiergeschwister und Mutter Erde.

Besonders schön ist für mich am Vegansein die bunte Vielfalt, die sich nach und nach auf dem Speiseplan einstellt. In den ersten 42 Jahren meines Lebens kannte ich weder Topinambur noch Bulgur, weder Mandelmus noch Nusskäse, weder Süßkartoffeln noch Hummus. Mir war nicht bewusst, welche Vielfalt an Nahrungsmitteln unsere Erde für uns wachsen lässt, bis ich begann, vom vegetarischen zum veganen Leben umzustellen. Damit wurde ich auch sensibler, was chemische Zusätze in Lebensmitteln anbelangt. Seitdem kaufe ich nur noch Zahnpasta ohne Fluoride und verwende kein Jodsalz mehr. Am liebsten esse ich frische Salate und Früchte, und bin zur Teilzeit-Rohköstlerin geworden.

Diese gelungene Umstellung ist meines Erachtens ein Meilenstein in jedem Leben, und kann auf unterschiedliche Weise angestoßen werden.

Sicher auch mit diesem schönen Buch „Land der Verheißung" von Manfred Kyber (20), das alle universellen Wahrheiten enthält und sie dem Leser gut nachvollziehbar und sehr liebevoll geschrieben nahe bringt. Es ist eine wunderschöne Geschichte, die Kyber vor etwa hundert Jahren schon schrieb, und die noch immer so aktuell wie spirituell ist.

Mein eigenes Leben kann nur wirklich glücklich sein, wenn es nicht von Tod und Leiden anderer Wesen abhängt. Mein eigenes Glück ist friedlich und voller Liebe, weil ich dieses Glück allen anderen Wesen genauso wünsche und gerne ermögliche.

Das ehrliche Glück vervielfältigt sich und breitet sich aus, wie ein warmer Sonnenstrahl, der in unsere Herzen scheint und so wird es zur Glückseligkeit.

Die Friedensnahrung ist eine der schönsten Brücken ins innere Glück. So ist das Leben wunderbar. Es ist hell, liebevoll, leuchtend und klar.

Welche Farben trage ich

Schau doch bitte einmal genau an Dir hinunter, nimm wahr, welche Farben du heute am Körper trägst. Wenn Du einen Spiegel in der Nähe hast, gehe hin und schau dich darin an. Wie schwer oder leicht trägst du? Fühlen sich die Farben federleicht an, oder ist es eher so, dass sie dich hinunter ziehen oder erdrücken?

Natürlich sind die Jacken eines Modells physikalisch gesehen gleich schwer, egal, in welches Farbbad der Stoff getaucht wurde. Die rote Jacke wiegt 345 Gramm, die gelbe Jacke auch, die blaue und auch die schwarze haben das selbe Gewicht.

Du hast sicher schon vermutet, dass ich etwas ganz anderes meine. Es geht mir nicht um das messbare Gewicht, sondern um die Energie, die wir mit und durch verschiedene Farben wahrnehmen, aufnehmen und auch ausstrahlen. Es geht mir an dieser Stelle nicht um die Bedeutung der Farben an sich. Im Moment spielt es keine Rolle, ob Rot aufputscht und Blau kühlt, ob Gelb beim Denken hilft oder Grün den Augen gut tut. Darüber sind schon sehr viele wunderbare und informative Bücher verfasst worden, wie etwa „Das große Buch der Farben" von Klausbernd Vollmar (21).

Schau nochmal an Dir hinunter oder in den Spiegel. Was trägst du und wie schwer trägst du? Fühl genau hin! Trägst du dunkle, mit Schwarz vermischte Farben oder helle, klare, natürliche Farben?

Warum trägst du sie? Hast du die blaue Jeans an, weil du dieses Blau so liebst, oder weil Jeans nun mal überwiegend blau verkauft werden?

Ist deine Jacke in Anthrazit, weil du dich damit so unglaublich wohl fühlst, oder weil es dieses Modell nur in Anthrazit gab?

Hast du alle Farben an dir persönlich ausgesucht oder dich dem überlassen, was die Industrie dir gerade anbietet?

Seit Jahren werden wir uns mehr und mehr bewusst, dass es sinnvoll ist, möglichst in ortsansässigen Läden einzukaufen, und nicht so viel im Internet zu bestellen. Grundsätzlich stimme ich dem absolut zu, denn auch ich bin dafür, weite Wege und Kraftstoffe zu sparen, um meinen ökologischen Fußabdruck so klein wie möglich zu halten.

Doch wenn es um die Farben geht, die ich trage, dann habe ich derzeit oft keine andere Möglichkeit, als im Internet zu bestellen. Warum?

Ich trage klare, natürliche, überwiegend helle Farben. Sonnengelb, Aprikose, Lindgrün, Eisblau, Orange, Vanille, Zartrosa, Ziegelrot, und am allerliebsten Weiß. Meist kombiniere ich Farben mit viel Weiß.
Ich fühle mich damit sehr leicht, fröhlich, bunt, lebendig und frei.
Wenn ich jedoch in einen hiesigen Laden gehe, sehe ich überwiegend dunkle Farben wie Grau, Anthrazit, Dunkelblau, Dunkelbraun, Dunkelgrün und ein kaum erkennbares Dunkelrot, dessen Anteil an Schwarz deutlich überwiegt. Zwischendurch entdecke ich Altrosa, das jedoch meistens derart viel Anteil an Schwarz enthält, dass es nur noch schmutzig wirkt.
Blättere ich durch einen beliebigen Versandhauskatalog, so sehe ich nichts anders. Grau in Grau, Schwarz und immer wieder mit viel Schwarz vermischte dunkle Farben. Warum sollte ich diese schmutzig und grau wirkenden Farben an mir tragen? Um mich selbst schmutzig, grau und leblos zu fühlen? Was hätte das für einen Sinn?
Und wo sehe ich da die warmen, kräftigen Farben der Natur?
Ich kann blättern, so lange ich will, da ist nirgends leuchtendes Orange, warmes Sonnengelb oder frisches Lindgrün. Außer schmutzig grauem Rosa und der inzwischen typischen Sportkleidung in Neonpink und Neongelb bleibt aus der Ferne betrachtet alles Grau in Grau.
Diese dunklen, mit Schwarz vermischten, so genannten gedeckten Farben würden in meiner eigenen Energie schwer wiegen, und mich wortwörtlich hinunterziehen. Sie heißen gedeckt, weil sie mich selbst, meine Lebensfreude und meine Lebendigkeit zudecken.
Wir haben alle irgendwann einmal im Physikunterricht gelernt, dass Weiß keine Farbe, sondern die Summe aller Farben ist, und dass Schwarz ebenso keine Farbe, sondern die Abwesenheit aller Farben ist.
Farbe allgemein kann ich mit Leben gleichsetzen. Alles in der Natur ist bunt und lebendig, strahlt in herrlichen Nuancen und Farbtönen in unsere Herzen, unsere Seelen und unsere Energie.
Ich kenne ein paar Menschen, die den Winter nicht mögen. Sie behaupten, dass dann alles Grau in Grau sei, dass sie sich zu nichts aufraffen könnten, dass das Leben dann keine Freude bereite. Wenn ich diese Menschen anschaue, dann fällt mir auf, dass sie sehr passiv leben. Sie nehmen nicht aktiv am eigenen Leben teil, sondern nehmen alles so hin, wie es ihnen die Medien, die Industrie und die Mode vorgeben.
Für mich ist auch der Winter ganz wunderbar. Er erinnert uns daran, dass es Zeiten der Ruhe und der Regeneration gibt, er führt uns vor, wie alles

aus Werden und Vergehen besteht, ohne deshalb darüber traurig sein zu müssen. Ich selbst empfinde den Winter als eine magische und wunderschöne Jahreszeit. Vor allem dann, wenn eine dicke, weiße Schneedecke alle verletzlichen Pflanzen zudeckt, sind auch darin alle Farben enthalten, auch wenn unserer menschlichen Augen sie nicht sehen können. Alle Farben sind im Weiß enthalten – das sollten wir dabei bedenken.

Wenn du in einer großen, engen Stadt wohnst, kann es freilich vorkommen, dass du außer grauen Häusern, grauen Wegen und schwarzen Straßen keine Farben wahrnimmst, und das wäre auch mir persönlich zu viel Farblosigkeit. Was also können wir dem entgegensetzen? Es ist wirklich sehr, sehr einfach:

Wir kleiden uns farbig. Ob mit Mustern oder uni, sinnvoll sind helle, klare und natürlichen Farben, die uns selbst leicht und fröhlich werden lassen, die unsere Energie, unsere Schwingungsfrequenz anheben und unsere Lebensfreude zum Vorschein bringen.

Doch was macht die große Masse der Menschen? Sie lebt farblos.

Ab und zu bin ich in München unterwegs und staune immer wieder darüber, wie viele Mitmenschen komplett farblos sind. Ich stehe zum Beispiel auf dem Weg von der U-Bahn zur S-Bahn auf einer langen Rolltreppe und schau mir an, was von oben an mir vorbei kommt.

Hunderte von Menschen queren mein Blickfeld.

Schwarz, Schwarz, Schwarz, Anthrazit, Schwarz, Schwarz, Dunkelblau. Mäntel, Anoraks, Hosen und Mützen. Und dann, ich kann es kaum glauben, ein roter Anorak. Na ja, es ist ein Kind...

Es geht weiter auf der Motorradmesse, in der Fußgängerzone.

Ganze Horden von dunkel gekleideten Menschen strömen an mir vorbei, strömen gleichzeitig über eine grüne Ampel auf die andere Straßenseite. Und jedes Mal sieht es für mich so aus, als ob sie alle unterwegs zu einer Beerdigung sind.

Schwarz, Dunkelgrau, Schwarz, Schwarz, Braun. Und dann eine gelbe Jacke! Oh, ich bin hoch erfreut und lächle in das Gesicht einer älteren Dame, die ihrerseits über meine orange Jacke und meine rote Hose lächelt. Doch alle weiteren Erwachsenen kommen wieder farblos und extrem dunkel daher. Es erschüttert mich, dass auch ihre Gesichter so sind. Grau und farblos.

Wie schwer tragen sie alle? Tragen sie an ihren Lebensumständen, oder gar an ihrem Schicksal? Sie scheinen alle nicht zu wissen, dass sie selbst für sich verantwortlich sind. Für ihre Farben, ihr Lächeln, ihre Lebensumstände und ihre innere Glücksgöttin. Wer wird es ihnen sagen? Und werden sie es glauben, wenn wir es ihnen mitteilen?

Oder tragen sie alle Trauer, und ich bin einfach nicht informiert über diese ganz spezielle, aufgedrängte Volksübergreifende Trauer, die sie alle aus einem mir unerfindlichen Grund durch ihre Kleidung zum Ausdruck bringen und glauben, einhalten müssen? Sind diese vielen Menschen so schwarz gekleidet, weil sie so sehr trauern? Worüber trauern sie? Vielleicht darüber, dass sie die Farben verloren haben? Das würde ich immerhin gut verstehen können.

Deshalb zurück zu den wirklich bunten, lebensfördernden Farben.

Wo kannst du sie kaufen, die gelben und roten Hosen, orangen Shirts, hellgrünen Blusen und türkisen Socken? Das eine oder andere Exemplar entdeckst du sicher auch in einem ortsansässigen Laden, wenn du lange genug suchst. Am ehesten noch im Secondhand-Laden. Ansonsten bleibt nur das Internet. Das ist ökologisch betrachtet tragisch, doch andererseits die einzige Lösung, um als Mensch in unserer Zeit eine hellere Kleidung und lichtere Energie tragen zu können.

Schau jetzt noch einmal an Dir hinunter und spüre, wie die Farben Deiner Kleidung auf Dich wirken. Entsprechen sie Deiner Lebenseinstellung? Trägst Du Dunkel, weil Du gerade ganz bewusst trauerst, dann ist alles in Ordnung. Trägst du helle Pastellfarben oder kräftige Farben, weil du dich wohl fühlst, fröhlich und ausgeglichen bist, dann ist auch alles ganz wunderbar in Ordnung. Nur für den Fall, dass du hier und jetzt unpassende Farben oder vielleicht gar keine Farbe an dir fühlst, ist es an der Zeit, dies zu ändern. Jetzt, gleich, sofort und zu deinem eigenen Wohl, zu deiner eigenen Freude und Lebendigkeit, aus Liebe zu dir selbst und allen Wesen, die dich in deinen Farben sehen.

Das Leben ist bunt, das Glück ist bunt, die Natur ist bunt.

Die Brücke ins Glück ist bunt.

Wie klinge ich

Gerade noch habe ich über Farbtöne gesprochen, jetzt geht es um Klangfarben. Alles hängt zusammen, ganz besonders die Farben und Töne, da sie jeweils eine bestimmte Art von Schwingung unterstützen.

Kennst du den Klang deiner Stimme, und magst du ihn? Hast du dich jemals mit dem Instrument befasst, das uns allen mit auf den Weg des Lebens gegeben wurde? Viele Menschen singen.

Viele Menschen singen nicht.

Vielleicht gehörst du ohnehin zu den erst genannten, dann hast du mit deinen Kindern gesungen oder bist Mitglied in einem Chor, singst in deiner Kirche oder einfach nur in der Badewanne. Auf jeden Fall kennst du deine Stimme und bringst damit einen großen Teil deines Selbst zum Ausdruck. Das ist wunderbar und du bist damit glücklich.

Vielleicht gehörst du jedoch zu den Menschen, die selten oder nie singen. Vielleicht hast du jemanden sagen hören, du solltest nicht singen, du seist unmusikalisch, du hättest keine schöne Stimme, du solltest die Klappe halten oder du hast im Musikunterricht nur schlechte Noten bekommen? Dann habe ich für dich eine sehr gute Nachricht:

Es spielt keine Rolle, was irgendwer irgendwann einmal über dich und deine Stimme gesagt hat, denn niemand und nichts kann oder darf dich daran hindern, deine eigene Stimme zum Klingen zu bringen.

Alles schwingt, alles klingt. Wir haben mit unserer Stimme das schönste und beste Instrument bekommen, das es gibt.

Es ist in erster Linie ein Instrument für uns selbst, um uns selbst zu spüren, zu fühlen, in Schwingung zu bringen. Natürlich gibt es auch die Möglichkeit, mit der Stimme andere Menschen zu unterhalten und zu erfreuen. Das ist auch etwas Wundervolles, egal, ob es sich um Opernarien, Musicals, Oldies, Schlager, Jodler oder Balladen handelt. Es ist jedoch nicht die Aufgabe eines jeden Menschen, mit seiner Stimme in der Öffentlichkeit, auf großen Bühnen aufzutreten und eventuell sogar den Lebensunterhalt damit zu verdienen.

Es ist unsere Aufgabe, unsere Stimme als unsere eigene Ausdrucksmöglichkeit anzuerkennen und zu lieben, um damit unser Leben und unser Sein nach Außen zu tragen. Singen befreit, erheitert, erweitert und öffnet den Horizont, es heilt und hilft, in unsere Mitte zu kommen.

Wir haben beinahe immer und überall die Möglichkeit, Töne von uns zu geben. Auf dem Weg in die Arbeit, im Auto, auf dem Rad, zu Fuß, beim Bügeln und Staubsaugen, in der Dusche, alleine und mit Freunden, mit kleinen Kindern und älteren Leuten, mit und ohne Instrumente.
Hauptsache, wir lassen die Töne klingen und schwingen.
Ob wir brummen, summen, Lieder singen oder nur Lalala, wir dürfen und sollen es fühlen, Singen ist Leben.

Übung 5

Leg deine Hände auf deinen Brustbereich, atme tief ein, richte dein Rückgrat auf und singe ganz laut ein paar tiefe Töne. Spüre, wie es in deiner Brust vibriert, wie alles zum Schwingen kommt.
Trau dich, lauter und voller zu singen, Laaaa, laaa, laåa.
Überleg dir ein paar einfache Sätze, und singe sie ganz spontan. Ob du ein Fan von Operetten oder Rock bist, ob du gerne Country oder Klassik hörst, sing deine Worte, anstatt sie nur zu sprechen.
Achte auf die Schwingung, höre auch dich und deine Stimme.

Klingt sie voll und rund, oder eher zaghaft, leise, unsicher, verwirrt?
Wenn es darum geht, die eigene Stimme zu fühlen und zu trainieren, dann hat das nichts mit Perfektion und Können zu tun. Ob du einzelne Töne bewusst triffst, oder nur spontan tönst, spielt keine Rolle.
Wenn du das Gefühl hast, dass das alleine für dich nicht wirklich funktioniert, oder wenn du dir komisch dabei vorkommst, dann schließe dich anderen Menschen an. Schau nach Gesangsgruppen, Stammtischen, offenen Singveranstaltungen, bei denen du einfach vorbei kommen und mitsingen kannst.
Melde dich zu einem Obertonkurs an oder lerne Jodeln, gehe zum Chanten oder komm zu den Mantras auf Bairisch, Hauptsache, du singst. Im Internet findest du dazu eine Fülle von Möglichkeiten, die Stimme zu fördern, und dabei Lebenslust, Glück und Freude zu spüren. Nutze sie und dein Potential.
Es ist auch sehr wichtig und interessant, die eigene Stimme aufzunehmen und sich selbst anzuhören. Dazu ist es nicht nötig, ein Aufnahmegerät, Mikrofone, Mischpulte und ein Studio zu besitzen. Wir leben in einer Zeit, die uns erlaubt, mit jedem Smartphone Aufnahmen zu machen.
Sing, lass die Töne kommen, hohe und tiefe, lange und kurze, leise und

laute Töne. Schwinge und klinge, sei der Klang. Und wenn dir deine Stimme beim ersten Anhören noch nicht gefällt, oder du das Gefühl hast, das klingt noch nicht schön, dann lass dich nicht entmutigen oder verunsichern. Vielleicht hat deine Stimme Jahrzehnte lang nicht schwingen dürfen? Oder sie musste sich einer bestimmten Regel unterwerfen? Vielleicht musstest Du viele Jahre lang in deinem Chor Sopran singen, obwohl du eine wunderschöne tiefe Altstimme hast, und du musstest dich da hinauf quälen, nur weil der Sopran unterbesetzt war?

Stell dir vor, du seist eine Katze, die schnurrt. Schnurre, brumme, summe, und achte auf deine Gefühle. Beruhigt es dich, so zu tönen?

Welche Lieder magst du gerne? Kannst du sie singen? Magst du ihre Texte? Stimmen die Texte mit deiner Lebenseinstellung überein? Sind sie lebensfroh, ehrlich, klar oder eher wild, aggressiv und kriegerisch?

Höre in dich hinein, probiere alles aus, lass alles klingen und schwingen und achte darauf, dass du dich damit wohl fühlst.

Dazu brauchst du keine weisen Lehren, keine Gurus, keine Professoren und Chorleiter. Du brauchst nur dich selbst, deine Empfindungen und deine Lebensfreude.

Als ich vor vielen Jahren zum ersten mal Yoga machte, und regelmäßig in die Stunden eines indischen Yogalehrers ging, hatte ich bereits ein Leben, das mit Musik angefüllt war, und ich kannte sowohl meine eigene Stimme, als auch deren Wirkung auf mich und meinen Körper sehr gut.

Eines Tages machte der indische Yogalehrer, der im Übrigen nicht gern mit sich diskutieren ließ, ein paar zusätzliche Übungen mit uns. Er erklärte, dass wir die Vokale i, a, o und u in bestimmten Körperregionen zum klingen bringen sollten. Seiner Meinung nach sollten wir das i und das u im Bauch, und das a und o im Kopf spüren. Ich versuchte das, so gut ich konnte, doch spürte ich, dass die Resonanz bei mir genau anders herum war. Für mich klingen das i und das u eher im Kopf, und das a und o im Bauch- oder Brustraum.

Ich ging davon aus, dass mein Yogalehrer ein weiser und erfahrener Mann war, und trainierte von nun an in seinen Stunden, die Töne in den von ihm genannten Bereichen zu spüren. Es gelang mir nicht.

Nach mehreren Wochen erfolglosen Versuchens konnte ich nicht mehr anders, als ihm zu sagen, dass ich diese Übung nicht verstand.

Er war sehr verwundert und bat mich, das genauer zu erklären. Also erklärte ich alles. Doch der Mann, um den wir zehn Frauen saßen, plusterte sich plötzlich auf und fragte genervt, auf welche Lehre sich meine für ihn unsinnigen Behauptungen stützten. Ich war verwirrt, erklärte ihm, dass es sich nicht um eine Lehre, sondern um mein ganz persönliches Empfinden handle, und dass bei mir nun einmal das i im Kopf, und das a in der Brust schwingen. Er konnte das nicht verstehen, und versteifte sich mehr und mehr auf die Lehren seines Lehrers, die er als Grundlage seines Yogaunterrichts sah, und von denen er keinen Zentimeter abzuweichen gedachte. Es dauerte nicht lange, und ich wechselte den Yogaunterricht.

Das i blieb bei mir im Kopf und das a in der Brust. Wenn ich kichere, dann mache ich das mit der hohen Kopfstimme: Hihihihi. Wenn ich lauthals lache, dann mache ich das mit der vollen Bruststimme: Hahahaha! Denk an den Weihnachtsmann, der mit tiefer Stimme aus der Brust sein Hohohoho ruft, und versuche einmal, dies mit der hohen Kopfstimme zu machen. Was kommt heraus? Im besten Fall etwas, das an ein hohes Huhuhu erinnert.

Alte Lehren, weise Menschen, Lehrer, Professoren, Freunde und Verwandte können dir wertvolle Tipps und Anregungen geben, doch nur du selbst bist für deine Stimme verantwortlich, nur du kannst empfinden, wie du sie am heilsamsten für dich selbst zum Ausdruck bringen kannst. Ich persönlich kombiniere das Singen gern mit rhythmischen Bewegungen. Es ist ein unglaubliches Erlebnis, gemeinsam mit anderen Menschen in einem friedlichen Kreis zu stehen, eine harmonische Melodie mit lebensfrohem Text zu singen, und sich dazu hin und her zu bewegen, den Rhythmus fließen zu lassen, den Klang ganz zu verinnerlichen und zu fühlen, dass wir alle das Potential in uns haben, glücklich zu sein.

Das friedliche, klangvolle Miteinander kann uns zu ganz neuen Dimensionen verhelfen. Überhaupt ist das friedliche Miteinander etwas, das wir in der heutigen Gesellschaft leider oft verlernt haben. Das gilt nicht nur für große Gruppen von Menschen, sondern ganz besonders für die vielen Paare, die gerne in Frieden miteinander leben möchten, und dennoch viel zu oft in Streit geraten. Abgesehen davon, dass sie vielleicht auch nie gemeinsam singen, gibt es noch einen weiteren Punkt, der in der Paarbeziehung sehr oft unbekannt ist und demzufolge auch nicht praktiziert wird.

Friedliche Intimität

Ich könnte auch schreiben: Sex war gut, Karezza ist besser. Während das Wort Sex so ausgesprochen wird, wie es da steht, mit dem hart klingenden x am Ende, spricht man das Wort Karezza viel weicher aus, nämlich „Kearesa". Es stammt vom englischen Wort „care" ab, was so viel bedeutet wie Fürsorge, Pflege, Obhut, Sorgfalt, Zuwendung, Umsicht, Behutsamkeit.

Meiner Meinung nach treffen all diese Begriffe auf die liebevolle körperliche Intimität zweier Menschen zu, während das Wort Sex im Allgemeinen und vor allem für mich persönlich etwas ganz anderes bedeutet. Hier kommt zunächst einmal eine offizielle Erklärung:

Sex bedeutet laut Onlinelexikon einfach nur „Geschlechtsverkehr und die dazugehörigen Handlungen".

Ganz ehrlich: das Wort Sex klingt genauso hart und unpersönlich wie die dazu einsehbare Erklärung. Genauso hart und unpersönlich – im wahrsten Sinne des Wortes – wird genau dieser Sex auch sehr oft gehandhabt. Dabei geht es mir an dieser Stelle wirklich nicht um Abnormitäten und Grausamkeiten, sondern um das, was in so genannten normalen Beziehungen wie Partnerschaften, Liebesbeziehungen und Ehen stattfindet.

Und es geht mir ganz speziell darum, mit alten, unsinnigen und auch ungesunden Klischees aufzuräumen, die ich selbst bis vor wenigen Jahren für bare Münze hielt.

Seit ewigen Zeiten wurde uns Frauen schon in jungen Jahren erklärt, dass es einfach zum menschlichen Leben gehört, Sex und somit Geschlechtsverkehr zu haben.

Was für ein Wort! Auf unseren Straßen wird der Verkehr immer lauter, immer dröhnender und immer mehr, jedoch keinesfalls besser. Unter den verschiedenen Geschlechtern geschieht das Selbe. Der Verkehr wird mehr, häufiger, freizügiger, ausgefallener, jedoch nicht besser.

Da ich auf mehrere Beziehungspartner innerhalb meiner so genannten fruchtbaren Jahrzehnte zurückblicken darf, kann ich dir versichern, dass ich weiß, wovon ich hier schreibe. Auch ich bin ganz einfach davon ausgegangen, dass Sex in der uns bekannten Form dazu gehört, so zu sein hat, wie man das in Zeitschriften, Magazinen und im Freundeskreis geschildert bekommt. Diese gängige Praxis erlebte ich mehrere Jahrzehnte lang, unabhängig von den verschiedenen Phasen der Verliebtheit, als etwas sehr Hartes, Männliches, etwas, das auch meist mit Wettbewerb und körperlicher Arbeit zu tun hatte. Ich schildere dir einmal etwas überspitzt, wie sich mir der so genannte Sex zeigte:

Ein Mann signalisiert mir, dass ich ihm gefalle, dass er mit mir länger zusammen sein will, und bald darauf merke ich, dass er Sex haben will. Weil er mir aus später unerfindlichen Gründen auch gefällt, lasse ich mich darauf ein und genieße die sanften ersten Küsse, die ersten liebevollen Berührungen. Ich könnte stunden-, tage- und wochenlang nichts anderes machen, als zu kuscheln, zu streicheln, die Fingerkuppen und Lippen über die Haut des anderen gleiten zu lassen, ohne dabei an Geschlechtsverkehr überhaupt zu denken. Doch erlebe ich immer wieder, dass sich der Mann ziemlich schnell meinen Brüsten oder meinem Hinterteil zuwendet, alles andere vergisst, und nur noch das eine will, nämlich Sex.

Jetzt kommt der technische Teil. Ich bin eine Frau und mein innerer weiblicher Körperteil ist so geformt wie der Zylinder eines Verbrennungsmotors im Auto oder Motorrad. Der Mann hat einen Körperteil in Form eines Kolbens, der sich dann in besagtem Zylinder auf und ab bewegt. Dies muss sehr schnell, und bei vielen Männern auch sehr lange geschehen, denn anders als beim Verbrennungsmotor im Auto, gibt es beim Mann nicht bei jedem Erreichen des höchsten Punktes im Zylinder einen Funken, sondern erst, nachdem der Kolben eine bestimmte Höchstgeschwindigkeit erreicht hat. Solange an der Höchstgeschwindigkeit gearbeitet wird, steigt durch die schnelle Reibung auch die Temperatur und der Mann kommt ordentlich ins Schwitzen, bis besagter Punkt erreicht ist. Erst dann entsteht ein Funke, der auch Orgasmus genannt wird, und der aus dem männlichen Kolben eine gallertartige Zusatzflüssigkeit verspritzt. Diese dient einzig und allein der menschlichen Fortpflanzung und enthält zudem Gifte und Altlasten aus dem männlichen Körper, da der Mann – im Gegensatz zu uns Frauen – nicht durch eine monatliche Blutung entgiften kann.

Nachdem der männliche Kolben seinen Funken hatte, wird der Mann sehr schnell müde und schläft mit seligem Lächeln ein.

Mein eigener weiblicher Zylinder lief bei dieser Art von Arbeit sehr oft heiß, ich empfand dies immer als unangenehm, es gab auch Situationen, die sich so anfühlten, wie das, was einem Motorenkenner als Kolbenfresser bekannt sein dürfte. Unabhängig davon, ob es uns Frauen gelingt, unseren eigenen Funken zu entfachen, wozu wir nur allzu oft zusätzlich Hand anlegen müssen, und letzten Endes genauso sportliche Marathons hinlegen, wie die Männer, oder ob einer von uns das nur vorspielt, weil wir meinen, dass der Andere das erwartet, weil er uns signalisiert hat, dass das einfach zum Sex gehört, all das ist und bleibt einfach nur Sex. Rein genetisch gesehen dient Sex der Fortpflanzung, und ich habe mich immer wieder gefragt, wozu dann der ganze Aufwand sein muss, wenn ich doch viel lieber einfach nur liebevoll kuscheln, streicheln, die Nähe des Partners und das Ineinanderfließen unserer Energien spüren will.

Selbstverständlich habe ich auf diese herkömmliche Weise zwei wunderbare Kinder bekommen und ich hatte in den Phasen erster Verliebtheit und vor allem in den Eisprung-Phasen meiner Zyklen auch relativ gern Sex, habe die aufkommende, und zu mir überschwappende Lust des Mannes angenommen und mit ausgelebt, auch wenn ich mich an so manche Stellung bis heute nicht gewöhnen konnte. Nur allzu oft hatte ich das Gefühl, dass ich als Kuh oder Stute fungierte, während sich der Mann aufführte wie ein Stier oder Hengst.

Mir fehlte viel zu häufig das Gefühl, als Menschenfrau geliebt zu werden. Nur in der Zeit frischen Verliebtseins und während des so genannten Eisprungs konnte ich mich der von mir erwarteten Wollust hingeben.

Doch zum einen sind die wenigen Wochen der allerersten Verliebtheit und die wenigen Tage der Eisprünge im Vergleich zur Dauer einer Beziehung verschwindend gering und zum anderen konnte ich machen, was ich wollte, konnte Funken und Orgasmen produzieren helfen und selbst haben, letztendlich half es keiner meiner Beziehungen. Denn immer und immer wieder gab es trotz Einhaltung bestimmter Intervalle, in denen der jeweilige Partner auf Sex und seine Funken bestand, Unstimmigkeiten, Meinungsverschiedenheiten, Ärger und Unmut, Streitigkeiten wegen Lappalien und am Ende unsagbar viele Tränen, bis zur Auflösung der Beziehung.

Es schien eher so, dass eine regelrechte Jagd nach Orgasmen stattfand, die für die Beziehung an sich keinen Gewinn brachten. Gerade so, als wäre man süchtig. Auch die Jagd nach Alkohol bringt immer nur einen kurzen Funken, dem ein großer Kater folgt.

Ein Blick in die Beziehungen um mich herum und gezielte Fragen im Freundeskreis bestätigten dieses mehr oder weniger tragische Spiel auch bei den meisten anderen Frauen. Ich kann dir sagen, ich war hin- und hergerissen zwischen dem ewigen „Ja, mei, das ist halt so." und meinem Gefühl, das mir sagte, dass das noch nicht alles sein konnte, dass da irgendwo hinter einem dichten Nebel doch noch die Sonne sein musste. Erst mit Ende Vierzig, als ich nach einer langjährigen Ehe mein Dasein als Singlefrau gerade erst wieder genoss, begann sich dieser dichte Nebel zu lichten. Und weil das, was dann zum Vorschein kam, so unfassbar schön und licht und hoch schwingend ist, gehört es mit in diese Lektüre übers Glück. Ganz egal, ob du eine Frau oder ein Mann bist. Hier folgt die Geschichte, die meine eigene Erotik veränderte, und die zu einer Brücke ins Glück wurde.

Es begab sich, dass ich an einem wunderschönen Samstag im Mai nach einem Jodelkurs noch ins Allgäu fuhr, um einem Konzert beizuwohnen. Dort traf ich einen Musikerkollegen, der mir nicht nur von Anfang an sehr sympathisch gewesen war, er war zudem Junggeselle. Ich erlebte einen fröhlichen, musikalischen Abend. Als ich immer müder wurde, und bald feststand, dass ich nicht mehr heimfahren wollte und konnte, ergab sich die Möglichkeit, im selben Haus untergebracht zu werden, in dem auch mein Kollege nächtigte.
Wir saßen noch zusammen, redeten und musizierten, da kamen wir uns immer näher und näher. Und ehe wir uns versahen, trugen wir dazu bei, dass am nächsten Tag nur eine Bettwäsche gewaschen werden musste.
Das, was ich dann erleben durfte, hat mit Sex absolut nichts zu tun. Ich erlebte eine vollkommen magische Nacht voller hoch schwingender Energie, voller Zartheit und sanften, achtsamen Berührungen. Endlos schön und zeitlos schwebend. Eine Nacht, die sich anfühlte, als wäre das ganze Universum, alle leuchtenden Sterne und alle göttliche Liebe plötzlich in mir, ja in uns, und wir in ihnen. Ich erlebte eine tiefe Verbundenheit zu allen Wesen, nicht nur zu meinem liebevollen Kollegen, staunte über meine Lebendigkeit, und dass ich nicht müde wurde, obwohl ich normaler Weise mindestens acht Stunden Schlaf benötige, um überhaupt am nächsten Tag funktionieren zu können.
Wir blieben auch am Sonntag noch zusammen und kosteten diese feine Energie aus, wie eine besondere Speise, die schmeckte, als wäre sie das berühmte Manna des Himmels. Ich schwebte den ganzen Sonntag wie auf Wolken, nahm alle Farben viel deutlicher wahr, genoss den Gesang der Vögel, den gelben Löwenzahn unterm azurblauen Himmel und die

wundersam lichte Stimmung mehr denn je. Als ich am Sonntag Abend heimfuhr, ahnte ich noch nicht, dass es bei dieser einen magischen Nacht bleiben sollte. Wir trafen uns zwar noch ein paar Mal, doch all meine Versuche, dieses wunderschöne, fließende und nährende Erlebnis zu wiederholen, scheiterten. Da konnte ich mich bemühen so viel ich wollte und Funken für Funken produzieren, es half nichts. Abgesehen davon, dass wir aus ganz anderen Gründen kein Paar wurden, und dafür in freundschaftlicher, kollegialer Verbindung blieben, konnte ich mir auf das Ausbleiben der Magie keinen Reim machen. Ich ging diese zauberhaften Stunden im Allgäu oft in Gedanken noch einmal durch, um herauszufinden, was diese Nacht vom bisher gekannten Sex wirklich unterschied, und warum es mir nicht gelungen war, sie zu wiederholen.

Das einzig Ungewöhnliche, an das ich mich erinnern konnte, war die Tatsache, dass keiner von uns beiden in dieser Nacht und dem Tag darauf einen Funken, also körperlichen Höhepunkt gehabt hatte, und dass statt der als Wollust bekannten Emotion eine umfassende Liebe spürbar gewesen war. Ich nahm es zwar zur Kenntnis, konnte mir jedoch nicht erklären, wie das ins Bild passte. Ich konnte später nicht mehr an das Erlebnis im Allgäu anknüpfen. Natürlich blieb Sex erst einmal - wie auch in vorangegangenen Beziehungen - ganz nett, doch bereits nach kurzer Zeit merkte ich, dass ich wieder nur auf einen Zylinder reduziert war, in dem ein Kolben versucht, auf Höchstgeschwindigkeit zu kommen, Kolbenfresser inklusive.

Erst, als ich schon Fünfzig und wieder einmal solo unterwegs war, bekam ich ganz überraschend die richtigen Bücher in die Hände. Bücher, die mein Leben abermals total veränderten, genauso wie die erwähnten Bücher über das Vegansein bereits gewirkt hatten.

Zunächst las ich von Diana und Michael Richardson die beiden Bücher „Zeit für Weiblichkeit" und „Zeit für Männlichkeit" (22), in denen es darum geht, dass der Orgasmus überhaupt nicht sein muss, und dass es Methoden gibt, ohne diesen eine erfülltere intime Liebe zu leben. Die beiden Bücher handeln in erster Linie von der Tantrischen Liebe, die es ermöglicht, das alte, harte System vom Verbrennungsmotor in ein weiches, fließendes System der körperlichen Liebe zu wandeln.

Die Autoren zeigen anhand von einfühlsamen Informationen und begeisterten Briefen ihrer Kursteilnehmer auf, dass die körperliche Liebe nichts mit der gängigen Praxis der Erregung und Spannung zu tun hat, sondern reinste Entspannung und Verbundenheit bedeutet. Ich war hin und weg, endlich hatte ich einen Anhaltspunkt, endlich gab es eine Bestätigung für meinen Verstand, dass ich mich auf mein Gefühl verlassen kann, auch wenn mir der Begriff Tantrische Liebe nicht so zusagt. Er umfasst verschiedene Praktiken der körperlichen Liebe, und nicht alle sind so, wie ich sie mir vorstelle. So würde ich zum Beispiel nicht an einem öffentlichen Tantra-Abend teilnehmen, während dessen sich völlig fremde Frauen und Männer zum Liebesspiel treffen. Und ich würde auch keinen Mann als Partner wollen, der das macht.

Da fand das Buch „Das Gift an Amors Pfeil" von Marnia Robinson (23) zu mir, und ich bekam alle noch offenen Fragen beantwortet.

Marnia bringt nicht nur eine Fülle von eigenen Erfahrungen, Eigenversuchen und eigenen Statistiken ein, sie bekräftigt alles mit wissenschaftlichen Studien und Auszügen aus alten Schriften wie dem Taoismus, dem Hinduismus, dem alten Christentum und dem Buddhismus. Sie gibt Einblicke in alte Traditionen wie etwa der der Regenbogenschlange, des Karezza, und vielem mehr.

All dies führt zu einem einzigen, absolut umwerfenden Ergebnis, das ich dir hier aus glücklichem Herzen darlege:

Jeder Orgasmus, ob bei Mann oder Frau, ob als Paar oder alleine, ist vergeudete Energie, wenn wir davon ausgehen, dass wir gerade keinen aktiven Kinderwunsch in uns offen haben. Denn jedem ausgeführten Orgasmus folgt nachweislich eine zweiwöchige Phase der Stimmungsschwankungen, die zu Missverständnissen und Streitigkeiten in der Beziehung führt, ohne jedoch bewusst wahrgenommen zu werden. Es handelt sich um einen regelrechten Orgasmus-Kater. Der Orgasmus ist tatsächlich ein Akt, der ausschließlich der Fortpflanzung dient und genetisch geregelt ist. Die Hormone spielen dabei eine große Rolle. Ohne hier den Inhalt des Buches wiedergeben zu wollen, halte ich es für wichtig, dass es vorwiegend um die beiden unterschiedlichen Hormone Dopamin und Oxitocin geht.

Das erste Hormon entsteht unter anderem bei körperlicher Leistung und wird sowohl beim Sport als auch bei Suchtkranken ausgeschüttet. Nach einem hohen Gipfelerlebnis folgt der Fall ins tiefe Tal. Das zweite Hormon wird auch Bindungshormon genannt, und es ist überall da im Spiel, wo liebevolle Zuneigung gelebt wird. Bei Müttern und Kindern wie bei allen Liebenden. Auch bei den Säugetieren wird Oxitocin ausgeschüttet, wenn sie tiefe Verbindung, Zuneigung und Liebe fühlen. Jeder Mann, ob Mensch oder Tier, ist genetisch so programmiert, dass er möglichst oft und mit möglichst vielen Frauen Sex hat, damit er möglichst viele Nachkommen zeugen kann. Wenn einem männlichen Meerschweinchen, einer männlichen Ratte, oder einem Hamster nur eine einzige Frau zur Verfügung steht, dann verliert er das Interesse am Sex rasend schnell, weil es keinen Grund mehr dazu gibt. Die Frau ist begattet, Dopamin ausgeschüttet und fertig. Menschenmänner hingegen haben auch einen Verstand und den Willen, mit einer einzigen Frau länger zusammen zu leben – zumindest eine Vielzahl von Männern haben diesen Willen – deshalb versuchen Männer wie Frauen, treu zu sein, und sie bemühen sich, Streitigkeiten zu vermeiden.

Doch nach jedem erfolgten Orgasmus schlafen viele Männer nicht nur müde und ausgelaugt ein, die Hormone setzen im Körper eine Botschaft frei, die lautet: jetzt ist es Zeit für ein neues Weibchen! Und dann kommen die Stimmungsschwankungen dazu.

Nun stell dir das vor! Du lebst in einer Beziehung, in der du regelmäßig Sex im Sinne der Fortpflanzung hast, und zwar in kürzeren Abständen als nur jede zweite Woche. Da kannst du dich bemühen so viel du willst, ob Frau oder Mann, wie soll so eine Beziehung jemals eine Chance haben? Du befindest dich immer im Dauerkater.

Zum Glück gibt es Karezza (Kearesa). Es bedeutet im übertragenen Sinn „Sanfter Geschlechtsverkehr ohne Orgasmus". Das heißt, dass es in erster Linie um Zärtlichkeit, Zuneigung und Achtsamkeit, sowie das Zusammensein an sich geht, und vor allem auch darum, den ganzen Körper zu lieben und zur erogenen Zone zu erklären, anstatt sich nur auf Brüste und Hintern zu konzentrieren, oder gar, fälschlicher Weise als Hengst und Stier, Stute und Kuh zu fungieren. Karezza ist ganz anders, es hängt mit Oxitocin zusammen.

Die Energie, welche im Normalfall im Orgasmus ihr Ende findet, wird hier auf sanfte Weise umgewandelt und führt zu einer Verschmelzung beider Wesen und Energien. Es spielt keine Rolle, ob die beiden Menschen nur nebeneinander liegen, oder ob der Mann in die Frau eindringt, denn er wird nicht zu einem schnellen, harten Kolben mutieren, sondern allenfalls mit seinem magischen männlichen Körperteil das zärtliche Streicheln im Inneren des magischen weiblichen Körperteils fortführen.

Als ich das las, wusste ich, dass von jetzt an nur noch Karezza für mich in

Frage kommt. Denn dort, wo nach jedem Orgasmus die Müdigkeit, die Stimmungsschwankungen und Launen herrschen, geschieht nach Karezza eine Anhebung der Energie, so dass eine klare, durchaus spirituelle Wachheit entsteht, die bei beiden Partnern viele Stunden und sogar Tage lang andauern kann. Unzählige Briefe von dankbaren Leserinnen und Lesern, Paaren und Kursteilnehmern bestätigen im Buch, was ich mir seit Jahrzehnten wünschte und vorstellte, jedoch nicht benennen konnte.

Und auf einmal wurde mir auch klar, was genau an jenem magischen Wochenende im Allgäu geschehen war. Ich erlebte Karezza, ohne es zu ahnen. Ich fühlte und spürte genau das, was in Marnias Buch als Karezza beschrieben wird. Das finde ich im Nachhinein betrachtet einfach genial, weil ich mich nicht vorbereitet hatte, weil wir uns nicht abgesprochen oder etwas in dieser Richtung geplant hatten.

Das Erstaunlichste für mich ist jedoch die Tatsache, dass auch Jesus bereits Karezza kannte, nur dass er es Heilige Hochzeit nannte.

Das ist meines Erachtens eine wunderschöne Bezeichnung für eine so liebevolle Intimität, die zwei Menschen buchstäblich eine Heil bringende, ganz machende, liebevolle Hoch-Zeit voller Glückseligkeit beschert.

Und damit wechseln wir von der herkömmlichen Art der Intimität, die eher an einen Verbrennungsmotor mit Fehlern und Verschleißerscheinungen erinnert, zu einer Intimität im Licht der Liebe.

Sie ist leise, sanft, sinnlich, ohne schädliche Nebenwirkungen und sogar sparsam und umweltfreundlich. So erleben wir unsere allerschönste Reise über die Brücke ins Glück.

Eigenverantwortung

Es klingt zunächst sehr logisch, wenn wir erfahren, dass wir als Erwachsene selbst für uns und unser Leben verantwortlich sind. Irgendwie leuchtet das ein. Doch was ist mit den Situationen und Gefühlen, die wir uns nicht erklären können?

Ich habe zum Beispiel viele Jahrzehnte lang den Zusammenhang zwischen meiner eigenen Aggression und einer bestimmten Art von Musik nicht erkannt. Es dauerte lange, bis ich mir selbst vertraute, mich beobachtete und meine Reaktionen nachvollziehen konnte.

Für mich selbst, ob im Auto oder in der Küche, höre ich ganz selten und ohnehin nur Musik, die mich aufbaut, mich befriedet, die mir im Herzen gefällt. Doch jedes Mal, wenn ich woanders war, im Kaufhaus, bei Freunden, auf einer Messe oder in einem fremden Auto unterwegs, konnte es passieren, dass ich mich nervös und zappelig fühlte, ja regelrecht aggressiv wurde. Erst, als ich erkannte, dass dies am Rhythmus der jeweiligen Musik, am Tempo und an der Art, wie aufdringlich Schlagzeug und Bässe sind, liegt, war ich in der Lage, dies verändern. Es verlangte anfangs ein bisschen Mut, meine Mitmenschen zu bitten, die Musik abzustellen, doch der Erfolg ließ nicht auf sich warten.

Die alles überragende Frage ist für mich immer ein ehrlich gestelltes: „Brauch i des?" im Sinne von „gehört das zu mir, passt es wirklich in mein Leben, fühle ich mich damit wohl, bin ich damit glücklich?"

Viel zu oft habe ich früher anderen Menschen zuliebe etwas getan, womit ich mich nicht wohl fühlte, oder auf etwas verzichtet, das für mein Leben eine Bereicherung gewesen wäre. Ich habe so viele Jahrzehnte lang nicht gewusst, dass ich immer die Wahl habe, etwas anzunehmen oder abzulehnen. Ich hatte nicht einmal die Ahnung davon, dass ich mir die Frage selbst immer wieder stellen darf und soll: Brauch i des?

Wenn du mein Buch vom „Wechseljahr" (02) gelesen hast, kennst du die wundersame Geschichte, wie ich 2016 meinen letzten Freund kennen lernte. Damals machten wir eine sehr schöne und abenteuerliche Reise durch Chile, die ich um keinen Preis missen möchte. Doch ein knappes Jahr später, als wir planten, nach Peru zu fliegen, spürte ich immer klarer, dass da etwas in mir bremste, dass ich unsicher wurde und zögerte.

Ich stellte mir die Frage, ob ich eine Reise nach Peru mit einem Partner an der Seite brauche, auf der und mit dem ich als Veganerin nicht respektiert wäre, auf welcher mir die nächtlichen Busreisen zusetzen würden, und auf der ich mich wieder nur rudimentär in der Landessprache verständigen konnte. Sollte ich tatsächlich mehrere Wochen ins Ausland reisen? Ich hörte in mich selbst hinein, meditierte und machte einen kinesiologischen Test, ob ich diese Reise wirklich brauchte. Es kam ein eindeutiges NEIN. Nachdem ich den Flug storniert hatte, fühlte ich großen Frieden und großes Glück. Deshalb gab es nur diese eine Wahl, auch wenn Maccu Picchu meinen Verstand noch sehr lockte. Wer weiß, ob es zu einem anderen Zeitpunkt dann heißt: „ja, des brauch i!". Auch die Beziehung selbst durfte ich loslassen. Sie war eine große Bereicherung, ich habe durch diesen Freund viel gelernt, ganz neue Welten erlebt und sogar mit ihm ein Buch unter dem Titel „Einstiegshilfen für Aussteiger" geschrieben (24), dessen Inhalt ich weiterhin für sehr gelungen halte.

Immer wieder neu zu wählen, zu spüren, ob etwas gerade wirklich gut und stimmig für dich ist, oder ob es nichts mit dir zu tun hat, und deshalb gehen darf, hat sehr viel mit dem Urvertrauen zu tun, das wir tief in uns selbst haben, beziehungsweise wachsen lassen können.

Um eine Wahl zu treffen, ist es auch nötig und unumgänglich, auf deinen Körper zu hören, seine Symptome und Schmerzen als Botschaften zu sehen, und in dich hinein zu fühlen, was du wirklich brauchst, um tief im Herzen glücklich zu sein.

Ich habe sehr früh gemerkt, dass ich Streitigkeiten, Zwist, Schimpfwörter und Respektlosigkeit in meinem Leben nicht brauche.

Zugegeben, sie spiegelten mir immer etwas, das in mir selbst noch nicht im Reinen war, und es dauerte einige Jahre, bis ich dann soweit war, dass ich zwischen meinen eigenen und den Streitereien anderer unterscheiden lernte. Doch es blieb dabei, ich brauche sie nicht, weil ich mich damit nicht glücklich und wohl fühle.

Sicher gibt es auch in deinem Leben Dinge und Situationen, die du nicht brauchst, die nicht zu dir gehören. Vielleicht machst du etwas einem anderen Menschen zuliebe, weil du deinen Partner, deine Mutter, deine Kinder, deine Freundin oder deinen Chef nicht enttäuschen willst. Und da haben wir wieder so ein bedeutungsschweres Wort, das ich dir an dieser Stelle gerne erkläre. Enttäuschen kann man sich immer nur selbst. Denn auch täuschen kann man sich nur selbst. Wenn du das Gefühl hast, jemand enttäuscht dich, dann ist es vielmehr so, dass der andere dir zeigt, wo und wie du dich selbst getäuscht hast, und jetzt ent-täuscht bist. Deine eigene Täuschung ist aufgeflogen, sie wurde sichtbar. So ist es auch anderen Menschen gegenüber. Es liegt nicht in unserer Macht, andere Menschen zu täuschen oder zu enttäuschen. Das ist eine Illusion, die von machthungrigen Menschen aufrecht erhalten wird.

Wir Menschen fühlen uns getäuscht, weil wir unachtsam sind, weil wir uns unseres Lebenswegs, unserer Verantwortung nicht bewusst sind. Weil wir gutgläubig und blauäugig sind. Dann werden wir eines Tages auch ent-täuscht. Die Verantwortung liegt immer bei uns selbst.

Wir sind nicht verantwortlich dafür, wenn ein anderer ent-täuscht wird, wir haben ihm vielmehr die Möglichkeit gegeben, seine Täuschung zu erkennen. Wir sind in erster Linie für uns selbst verantwortlich. Wenn wir aus ganzem Herzen glücklich sind, können wir dafür sorgen, dass es auch anderen Wesen gut geht.

Solange wir in einer überfüllten Rumpelkammer hausen, brauchen wir anderen nicht vorzuschreiben, was sie zu entsorgen haben. Solange wir unseren eigenen Lebensweg nicht klar vor uns sehen, ist es sinnlos, anderen Menschen vorzuschlagen, wie sie ihren Weg gehen sollen.

Zwar kann es immer wieder Situationen und Erlebnisse in unserem Leben geben, die wir uns so nicht gewünscht und vorgestellt haben, dann ist es an uns, zu wählen, was zu uns gehört, was uns diese Erfahrung mitteilen will, was wir daraus lernen können.

Es wird auch immer wieder vorkommen, dass wir Leid und Schmerzen bei anderen Menschen und Tieren sehen, jedoch nicht direkt helfen können, weil es nicht in unseren Zuständigkeitsbereich gehört.

So werde ich es als einzelne Frau nicht verhindern können, dass Tausende von Kleinkindern in einer Krippe landen, anstatt bei der Mutter in Geborgenheit aufzuwachsen, weil ich alleine keinen Einfluss auf die Arbeitswelt habe.

Dass Frauen, die mir vollkommen fremd sind, ihre Kinder in eine Krippe geben, finde ich zwar ganz schlimm, es betrifft jedoch nicht meinen eigenen Lebensbereich, es ist keiner meiner ganz persönlichen Planeten in meinem persönlichen Universum. Auch die Kriegsführung in anderen Ländern entzieht sich, mit Ausnahme von möglichen Unterschriften bei Petitionen, meiner Handhabe. Wenn ich jedoch begreife, was zu meinem eigenen Universum gehört, habe ich die Möglichkeit, all das zu verändern, was ich verändern will. Wenn ich zum Beispiel den Frieden auf meinen Teller bringe, habe ich nachhaltiger zum Frieden beigetragen, als wenn ich auf eine aggressive Demo gehe oder wenn ich irgendeiner politischen Partei meine Stimme „abgebe".

Ich selbst bin die Sonne, die Mitte meines Universums, ich selbst wähle, welche Planeten ich um mich haben will.

So betrachte ich es inzwischen auch als unglaublich bereichernd und schön, meinen eigenen Lebensbereich schön und gemütlich zu halten.

Ich gehöre wirklich nicht zu den Zeitgenossen, die ihre Wohnung täglich so staubfrei und klinisch sauber machen, dass man sich nicht mehr darin wohl fühlen kann. Es geht mir an dieser Stelle um die kleinen Aufmerksamkeiten, die ich mir selbst gönne. Nachdem ich aufgestanden bin, mache ich das Bett und lege eine bunte Decke mit Mandalas darauf, außerdem kommt in die Mitte des Mandalas ein gelbes Kissen in Sternform.

Jedes Mal, wenn ich die Türe zum Schlafzimmer öffne, und auf das schön gemachte Bett schaue, lächle ich, weil ich einen so schönen Schlafplatz habe. Es ist meine Verantwortung, mein Umfeld schön zu gestalten, und ich bin es mir Wert, mich in meiner Wohnung wohl zu fühlen.

Ich stelle mir das gern auch so vor: jede und jeder von uns lebt in einem eigenen Film. Und wir haben es in der Hand, wie dieser Film verlaufen soll. Was gehört wirklich in meinen Film, welche Wendung nimmt das Geschehen, verändert sich die Handlung? Verändert sie sich vermeintlich nur von außen, oder bin ich selbst wirklich Regisseur und Kameramann in einem? Gebe ich selbst die Regieanweisungen? Denn das ist meine Aufgabe. Natürlich ist das für den Verstand schwierig zu begreifen. Wenn jeder in seinem eigenen Film, in seinem eigenen Universum lebt, wie können wir dann alle das Gleiche erleben? Nun, das ist Sache der allmächtigen, der göttlichen Quelle. Sie verknüpft alle Einzelfilme zu einem erlebbaren Ganzen. Manche Filme sind düster und traurig, voller Selbstzweifel und Unsicherheiten, voller Ängste, welche die damit verbundenen Geschehnisse anziehen. Andere sind lichtvoll, fröhlich, klar und voller kleiner grüner Kleeblätter und Lichtwesen, auch wenn unsere körperlichen Augen sie noch nicht sehen.

Ich selbst erschaffe meinen Lebensfilm.

Ich selbst habe die Verantwortung, glücklich zu sein.

Ich selbst bin glücklich. Dann kann ich das Glück auch weitergeben.

Das Wichtigste dabei ist, dass wir im Urvertrauen sind.

Urvertrauen

In dem Moment, in dem du unsicher bist, dich enttäuscht fühlst, mit einer Situation nicht zurecht kommst oder dich in einer anderen unangenehmen Situation befindest, bist du dir deiner Verbindung zur göttlichen Quelle, zu allem, was ist, nicht bewusst, oder hast vielleicht noch nicht wahrgenommen, dass du immer mit ihr verbunden bist. Oder du hast einen Irrweg eingeschlagen und spürst es unbewusst.

Diese Verbindung ist der Zugang zum Urvertrauen.

Manche Menschen stellen sich diese Verbindung wie eine zarte Silberschnur vor, manche sehen einen dicken Lichtstrahl vom Scheitelpunkt nach oben steigen. Wie auch immer diese Verbindung für dich aussehen mag, sie ist immer da, auch wenn du dir dessen nicht bewusst bist.

Um zu erklären, wie sich das anfühlt, stell dir ein kleines Kind vor, das an der Hand eines Erwachsenen mutig und voller Vertrauen über die Straße geht. Die vielen Autos machen ihm keine Angst. Es hat erfahren, dass es sich auf die Hand von Mutter oder Vater verlassen kann. Es weiß, dass es ihnen vertrauen kann, dass sie gut über die Straße kommen.

Das Urvertrauen zur allwissenden Quelle ist unendlich viel größer und kann, im Gegensatz zum Vertrauen des Kindes in den Erwachsenen – nicht missbraucht werden. Unsere weise, gütige und liebevolle Mutter-Vater-Quelle würde uns niemals schaden. Schaden fügen wir uns selbst zu, indem wir uns und unserer Quelle nicht vertrauen. Ob bewusst oder unbewusst. Indem wir etwas oder jemanden, oder gar die göttlichen Eltern für eine unangenehme Situation, eine Krankheit verantwortlich machen wollen, geben wir die Verantwortung ab und wenden uns von der Verbindung zur Quelle ab. Wir sehen und fühlen sie nicht mehr. Dabei ist sie immer da. Sie kann weder verloren gehen, noch kann die Verbindung reißen.

Sicher spielt es eine Rolle, wie du das Urvertrauen in deiner Kindheit erlebt hast. Die Erfahrungen im Elternhaus, bei Freunden, in der Schule und in der Ausbildung tragen natürlich dazu bei, dein Vertrauen aufzubauen oder zu schwächen.

Auch unsere Vorleben und das, was wir an unaufgelösten Dingen mit in dieses Leben brachten, haben Einfluss auf unser innerstes Vertrauen.

Doch ganz gleich, ob wir uns über andere Inkarnationen bewusst sind, und daran glauben, oder nicht, es liegt an uns selbst, zuerst einmal uns selbst zu vertrauen, beziehungsweise dies zu lernen. Denn wenn ich weiß, dass ich etwas kann, und wer ich bin, dann spielt es keine Rolle, was andere Menschen darüber sagen, ob und wie sie urteilen. Ich selbst habe das Vertrauen in mich und meine Fähigkeiten.

Freilich sind wir uns dessen oft nicht bewusst. Vor allem in der Kindheit und Jugend lassen wir uns sehr schnell von unserem Vertrauen abbringen.

Ich brauchte Jahrzehnte, bis ich begriff, dass ich immer erst mir selbst vertrauen kann. Weil ich das nicht wusste, war ich sehr oft ent-täuscht, machte andere Menschen und Situationen für etwas verantwortlich, fühlte mich betrogen und missverstanden.

Ich hatte Mitte Zwanzig einen Freund, der bereits eine Tochter hatte, und keine weiteren Kinder mehr wollte. Er versuchte öfter, mir klar zu machen, was es bedeutet, ein Kind groß zu ziehen, und welche Verantwortung damit verbunden ist, doch ich verstand ihn nicht. Seine Worte zogen unverstanden an mir vorbei, denn ich selbst wollte unbedingt Kinder haben. Mein Kinderwunsch war sehr groß und ich stellte ihn über die Bedürfnisse dieses Mannes. Nach einem dreiviertel Jahr, in dem ich jeden Monat darauf gewartet hatte, endlich schwanger zu werden, erfuhr ich über mehrere Ecken, dass mein Freund sich sterilisieren hatte lassen. Ich fiel aus allen Wolken. Ich fühlte mich ausgenutzt, betrogen, aufs Schlimmste missbraucht, gedemütigt. Mein Ego schrie und jammerte, beklagte sich, dass er mich da Monate lang in dem Glauben gelassen habe, schwanger zu werden.

Erst viele Jahre später, als ich dann selbst zwei kleine Kinder hatte, konnte ich nachvollziehen, warum mein damaliger Freund keine Kinder mehr wollte. Ihm war nichts anderes übrig geblieben, als sich operieren zu lassen, weil ich ihn nicht hörte, weil ich zu sehr mit mir selbst beschäftigt war. Nun wurde mir auch bewusst, wie weise sein Schritt letztendlich war. Es war einfach nicht vorgesehen, dass er der Vater meiner Kinder wurde, oder dass wir länger zusammen bleiben sollten. Ich hatte damals kein Vertrauen. Weder in mich selbst, noch in die göttliche, weise Quelle und ihren wunderbaren Plan. Inzwischen weiß ich, wie heilsam das Vertrauen ist.

Da ich selbst ein Teil der göttlichen Quelle bin, vertraue ich gleichzeitig mir und ihr. In dem Moment, in dem ich der Quelle, Allem was ist, ganz vertraue, kann ich auch mir selbst vertrauen, weil sie auch in mir ist. Relevant wird dies immer in den Momenten, in denen wir uns nicht wohl fühlen, in denen etwas nicht so läuft, wie erwartet. Der Verstand erwartet etwas, das Herz freut sich darauf, dann geschieht etwas ganz anderes. Jetzt heißt es für mich, wirklich zu vertrauen. Mich darauf zu besinnen, dass ich an die Quelle angebunden bin, dass alles in meinem Leben einen Sinn hat und mich auf meinem Weg weiterbringt, auch wenn ich momentan keinen Sinn sehen kann.

Sich auf dieses Urvertrauen zu besinnen bedeutet auch, es zu stärken. Das gelingt am besten, wenn ich die Situation anerkenne und nicht damit hadere, oder gar, jemanden dafür verantworten will.

Sobald ich erkenne, dass mich im Grunde nichts aus der Ruhe bringen kann, weil alles so sein soll, wie es ist, und alles so ist, wie es sein soll, bin ich im Urvertrauen. Der göttliche Plan sieht vor, dass jedes Wesen in Liebe, Fülle, Gesundheit und Frieden leben darf und soll. Wir selbst verbauen uns diesen friedlichen, liebevollen Weg nur allzu oft mit unbewussten Gedanken, Handlungen, unbedachten Äußerungen und dem Verschließen der Augen vor der eigenen Verantwortung.

Das fällt mir immer auf, wenn ich im Bekanntenkreis von vielen, meist erfolglosen Besuchen bei Ärzten aller Arten höre.

Besonders schlimme Klagen höre ich von den Menschen, die sich vom Besuch beim Onkel Doktor die größten Wunder erhoffen, und alle Verantwortung auf so manchen Halbgott in Weiß abladen.

Unser Körper spricht

Die Schulmedizin und vor allem die vielen Operationen, die täglich, und jährlich gemacht werden, kommen immer öfter in die Schlagzeilen der öffentlichen Presse.

Deshalb empfand ich es vor vielen Jahren bereits als eine Selbstverständlichkeit, nach Alternativen und anderen Heilmöglichkeiten zu schauen. Für mich war sehr schnell klar, dass ich den Fokus auf die Selbstheilungskräfte meines Körpers lenken würde.

Es ist meiner Meinung nach das Sinnvollste, zu überlegen, wie etwas passiert ist, warum sich ein bestimmtes Symptom zeigt, und was wir selbst dazu beitragen können, um die Ursache zu beheben.

Der menschliche Körper ist ein absolut magisches Wunderwerk, und mit nichts anderem vergleichbar. Unser Körper hat alle Möglichkeiten, sich immer wieder zu heilen. Voraussetzung dafür ist jedoch, dass wir ihm dies möglich machen, in dem wir auf ihn hören und ihn verstehen lernen. Ich schildere dir nun ein paar Beispiele, die leicht nachzuvollziehen sind.

Eine Frau leidet seit Jahren daran, dass ihre Ohrläppchen immer nässen und sich entzünden, sobald sie Ohrstecker benutzt. Es spielt keine Rolle, aus welchem Material diese sind, sie hat auch schon viele Cremes ausprobiert, doch kann sie Ohrstecker immer nur für wenige Stunden tragen, bevor ihre Ohren „verrückt" spielen.

Das will der Körper schon seit Jahren mitteilen:

„Wenn es gut und sinnvoll für mich wäre, mit Metall im Ohr zu leben, dann wäre ich mit Metall in den Ohren auf die Welt gekommen..."

Ein Mann isst leidenschaftlich gerne – beachte das Wort leiden-schaftlich – Schinken, Wurst und Käse. Immer häufiger werden die Gichtanfälle. Der Doktor erwähnt vorsichtig, dass es vielleicht sinnvoller sei, etwas weniger Schinken und Wurst zu essen. Das macht der Mann gezwungener Maßen, doch seine Gichtanfälle kommen dennoch wieder. Das will der Körper schon seit Langem sagen:

„Ich sammle seit Jahren die Schlacken in den Gelenken, ich weiß nicht mehr, wohin damit, ich kann die tierischen Eiweiße absolut nicht verarbeiten. Viele Jahre habe ich die Schlacken einfach irgendwo gebunkert, doch jetzt kann ich nicht mehr. Bitte ändere deine Ernährung komplett um, ich kann mich schon nicht mehr bewegen, so viel Kalk und Harnsäure habe ich überall in den Gelenken einlagern müssen!"

Jemand hat oft Schnupfen und schon so viele Mittel ausprobiert, doch die Schleimhäute reagieren nicht mehr darauf, langsam wird es chronisch. Das ist besonders hinderlich, weil der Chef eine höhere Position in Aussicht stellte, und die Vorbereitung darauf noch mehr Arbeit mit sich bringt, die erledigt werden muss. Der Körper spricht:

„Schon so lange stecken wir in dieser Situation. Ich hab die Nase sowas von voll! Diese viele Arbeit ist Gift für mich, ich brauche viel mehr Ruhezeiten und keinen höheren Posten! Merkst du nicht, dass das so nicht mehr weiter gehen kann? Es ist an dir, etwas grundlegend zu ändern!"

Ob es sich um Knieprobleme handelt, die oft davon kommen, weil sich jemand nicht gerne oder zu sehr „beugt", oder ob es sich um Hüftschmerzen – kann so nicht gehen – handelt, ob einem eine „Laus über die Leber gelaufen ist", oder „man etwas nicht verdauen kann", es liegt an uns, genau hinzuschauen, und etwas zu unserem eigenen Wohl zu ändern.

Herpes, Ausschläge, juckende Haut? Fällt dir da nicht spontan der Spruch ein: „Oh, ich könnte aus der Haut fahren!" - warum könnten wir aus der Haut fahren? Weil wir uns in unserer Haut nicht wohlfühlen. Weil etwas ganz und gar nicht stimmt und falsch läuft. Es ist an uns, zu ergründen, was genau da so schief läuft, und unserem Körper damit zu helfen. Dieser kann sich nicht nur gut durch verschiedene Symptome mitteilen, er besitzt unvorstellbare Selbstheilungskräfte, sobald wir ihm die Möglichkeit dazu geben, sie einzusetzen.

Das geschieht, indem ich anhalte, ins Vertrauen gehe, die Situation anschaue, und mich dann dem Licht und der Kraft der Quelle anvertraue. Es ist ja auch ganz logisch: das, was der Körper entstehen lassen kann, kann es auch wieder vergehen lassen, sobald wir ihm die nötige Hilfe anbieten. Leider ist es in unserer Gesellschaft so üblich, ein Organ, das seinen Dienst nicht mehr machen kann, herauszuschneiden. Nimm doch nur das Beispiel der Galle, die entfernt wird, sobald sie voller Gallensteine ist. Dann sind mit dem Organ auch gleich die Steine weg.

Dabei liegt es nicht an der bösen, untätigen Galle, dass sie Steine ansammelt, sondern an der völlig falschen Ernährungs- und Lebensweise der heutigen Menschheit. Anstatt ausreichend Wasser zu trinken und sich von dem zu ernähren, was uns Mutter Erde schenkt, stopfen viele Menschen tote Tiere, weißes Mehl, industriell hergestellte und mit chemischen Zusätzen versehen Sachen in sich hinein, die sie mit übersüßten, chemischen und mit Farbstoffen angereicherten Getränken hinunter spülen. Leber und Galle sind grundsätzlich so perfekt konzipiert, wie der ganze menschliche Körper. Sie haben die wichtige Aufgabe, alles, was der Körper nicht brauchen kann, zu sortieren und an den Darm weiter zu leiten, um es auszuscheiden.

Dazu benötigen sie jedoch eine gewisse Menge an Wasser, das sie als „Verarbeitungsflüssigkeit" nutzen. Alles, was dem Wasser zugesetzt wurde, müssen sie mitverarbeiten. Mit der Zeit jedoch sind sie durch die vielen unnützen Stoffe nur noch überfordert. Sie bemühen sich redlich, doch die Flut an „giftigen" Substanzen wird immer mehr, und das benötigte Wasser fehlt, weil statt dessen nur Kaffee, Cola und Bier angeliefert werden. Also, was können sie tun? Sie mühen sich und mühen sich, bis sie es einfach nicht mehr schaffen können, und nicht mehr in der Lage sind, die giftigen Stoffe auszuscheiden. So sammelt sich immer mehr Unrat an, verschlackt und verstopft die Ausgänge, wird zu Bröseln und am Ende zu Steinen.

Falls das passiert, ist es noch lange kein Grund, die wertvolle Galle herauszuschneiden, denn was einmal weg ist, bleibt unersetzlich und fehlt dem Körper enorm. Es gibt doch sehr einfache und wirksame Methoden, Steine in Leber und Galle auf natürliche Weise zu entfernen. Ich selbst habe dies bereits mehrfach mit der „Wundersamen Leber- und Gallenblasenreinigung" von Andreas Moritz (23) gemacht.

Alles, was dazu nötig ist, sind ein paar Tage, die du dir möglichst stressfrei hältst, ein paar Liter Apfelsaft, etwas Olivenöl, etwas Bittersalz, ein paar Grapefruits, eine funktionierende Toilette, und das Vertrauen in die Selbstheilungskräfte deines Körpers. Das Ergebnis ist umwerfend, ich fühlte mich danach erstaunlich leicht und frei und behalte nicht nur meine Organe, sondern gebe ihnen die Chance, sich zu regenerieren und wieder vollkommen arbeiten zu können. Es gibt auch für Nieren, Darm, Lymphe und die anderen Organe sehr hilfreiche, natürliche Reinigungsmöglichkeiten.

Warum vertrauen wir Menschen in unserer Zeit unserem fantastischen, wunderbaren Körper nicht mehr?

Ich habe einen Bekannten, der regelmäßig darüber schimpft, wie unzulänglich und fehlerhaft der menschliche Körper konzipiert sei, und dass ständig irgendwo Baustellen in Form von Schmerzen, Beschwerden und Einschränkungen auftreten, und er sich nur noch von Arzt zu Arzt und von Krankenzimmer zu Krankenzimmer bewegt. Er bat mich diesbezüglich mehrfach um meinen Rat, worauf ich ihm all meine Erkenntnisse darlegte, und ihm versicherte, dass er seinem Körper vertrauen kann, anstatt die Verantwortung für dieses Wunderwerk an jemanden abzutreten, der gleich mit dem Messer kommt, und ihn zerstückelt. Genannter Bekannte gehört jedoch zu den Personen, die das Gehörte nicht wirklich an sich heran lassen wollen.

Dann kommen immer wieder die gleichen Aussprüche wie: „Meine Frau kocht aber so, das essen wir jetzt schon seit Jahren so, bei dir mag das ja so sein, aber bei mir geht das nicht, ich könnte mich nicht so einschränken." Dabei geht es nicht um Einschränkung sondern um Freiheit.

Natürlich ist es seine Sache, es ist sein Lebensweg, den er weiterhin gehen wird. So wie auch du deinen Lebensweg gehst, liegt auch dein Vertrauen in deinen eigenen Körper in deiner Verantwortung.

Sicher hast du dich schon einmal in den Finger geschnitten. Im Allgemeinen gehst du davon aus, dass so ein Schnitt in wenigen Tagen wieder ganz verheilt ist. Soviel Vertrauen besitzen wir normaler Weise alle. Anhand solcher kleinen Verletzungen können wir sehen, wie einfach es ist, wenn wir dem Körper vertrauen. Wir wissen, dass sich die Zellen neu bilden, dass sich die Wunde schließen wird und die Haut neu wächst. Wenn ich gefragt werde, wie tief mein Vertrauen ist, dann könnte das auch heißen, bis zu welcher Schnitttiefe reicht mein Vertrauen?

Einen kleinen Schnitt zu verschließen halten wir für normal, das trauen wir dem Körper zu. Wie ist es bei größeren Verletzungen, wie etwa einem Muskelriss? Wie tief ist da unser Vertrauen?

Ich bekam im Sommer 2016 die Möglichkeit, dies zu erleben. Ich lief auf einer unbekannten Strecke, ließ mich von einer entgegenkommenden Frau mit Hund ablenken, wurde unachtsam und stolperte über meinen eigenen linken Zeh. Ich machte daraufhin einen Hecht und flog in langem Bogen mit Gesicht und gestrecktem rechtem Arm voraus, auf den Feldweg. Ich klatschte heftig auf wie ein Sack voller Kartoffeln, und spürte noch während des Aufpralls, dass mein rechter Trizeps riss. Es war eine Art innerliches „Ratsch", mit dem auch zeitgleich der starke Schmerz einsetzte. Nachdem ich mich aufgerappelt und hinkend, mit an den Oberkörper gepresstem Arm nachhause geschleppt hatte, quälte ich mich aus der verschwitzten Kleidung und besah mir meinen Arm im Spiegel. Nun ist ja der Trizeps bei Frauen ab einem gewissen Alter ohnehin sehr locker nach unten hängend, doch mein rechter Trizeps sah aus, wie eine alte Girlande, die an einer Seite abgerissen ist, und die nun, allein von der Außenhaut gehalten, an mir baumelte. Außerdem konnte ich den Arm nur mit Hilfe der linken Hand und mit zusammen gebissenen Zähnen bewegen.

Ich hätte mich theoretisch auch umgehend ins Krankenhaus oder zu einem Arzt begeben können. Doch da ich dies seit beinahe zwei Jahrzehnten schon nicht mehr so handhabe, erkundigte ich mich mit Hilfe meines Sohnes im Internet, was bei einem Muskelriss zu tun sei. Kühlen, zwei Tage lang still halten, den Muskel mittels Verband an den Knochen halten, später den Arm schonend bewegen, lautete die Antwort.

Das machte ich. Und ich stellte mir unermüdlich vor, wie das göttliche Licht durch alle Zellen fließt, wie sich die Zellen zügig und gesund erneuern, wie der gerissene Muskel wieder zusammenwächst, so, wie es meine „Blaupause" vorsieht. Ich wusste, ich konnte mich auf meinen Körper, seine Heilkräfte und die Mithilfe der göttlichen Quelle verlassen.

Nach 10 Tagen lief ich wieder mit dem eingebundenen Arm, und als ich nach zwei Wochen zum ersten Mal wieder im Yoga war, konnte ich beinahe alle Haltungen mitmachen. Nach sechs Wochen war mein Muskel wieder wie neu. Und das blieb er auch.

Im Nachhinein bin ich davon absolut überzeugt, dass vor allem meine vegane, überwiegend rohköstliche Lebensweise und die vielen Vitalstoffe, die ich durch sie zu mir nehme, es meinen Zellen ermöglichten, sich so schnell wieder zu erneuern.

Mutter Erde hält außerdem jegliche Medizin in Pflanzen- und Mineralienform für uns bereit, alles ist da, sogar Pflanzen, deren Inhaltsstoffe wie die chemischen Antibiotika wirken, jedoch viel schonender sind.

Eine für mich ganz wunderbare Art, die Heilkraft von vielen Pflanzen und Mineralien gebündelt zu nutzen, ist das Spray Lavyl Auricum von Lavylite (26), das ich bereits seit Jahren zur natürlichen Unterstützung meiner Selbstheilungskräfte nutze.

Ich habe einmal vor langer Zeit eine Geschichte gelesen, die davon handelt, dass die Ärzte in einem fernen, vergangenen Land dafür bezahlt wurden, dass es den Menschen gut ginge, und sie gesund waren. Sobald jedoch ein Mensch krank wurde, sich nicht wohlfühlte, bekam der Arzt kein Geld mehr und war somit gezwungen, all seine Kunst einzubringen, um dem Patienten wieder zur Gesundheit zu verhelfen. Erst dann bekam er auch wieder seinen finanziellen Ausgleich.

Wenn ich diese Methode auch nicht für die allerbeste halte, so zeigt sie doch auf, was in unserer heutigen, schulmedizinischen Praxis verkehrt herum läuft. Auch deshalb verlasse ich mich lieber auf die Selbstheilungskraft, die in mir und in uns allen steckt.

Natürlich kann ich nicht alles wissen, und ich bin dankbar, dass es Menschen gibt, an die ich mich wenden kann. Dazu gehören bei mir persönlich Heilpraktiker und eine Heilerin meines Vertrauens. Im Gegensatz zu so manchem gestressten Schulmediziner, der sich gut überlegen muss, wie viele Minuten er einem Patienten opfert, damit ihm seine Arbeit auch genügend Geld einbringt, kann eine alternative Heilerin selbst wählen, wie lange sie sich einem Menschen widmet, und ob und wie hoch ein finanzieller Ausgleich sein soll. Vor allem spüre ich, dass die von mir aufgesuchte Heilerin in erster Linie tätig ist, um den Menschen zu helfen, und nicht, um damit ihren Lebensunterhalt zu verdienen.

Zu sehen und zu erleben, wie mein Körper sich selbst regeneriert, wie er sich auf magische Weise selbst heilt, das bedeutet für mich wahrhaftes Glück. Glück, das unabhängig von anderen Menschen ist, Glück, das ich selbst durch mein Urvertrauen zum Vorschein bringe. Wenn du alles ausprobiert hast, was auf natürliche Weise zur Heilung beiträgt, und noch immer keine Besserung in Sicht ist, hilft es oft, etwas loszulassen.

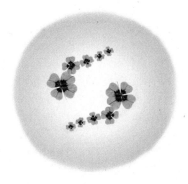

Loslassen

Das Loslassen gehört, genau wie das Annehmen, zum Leben. Es gibt Dinge, die wir annehmen müssen, weil wir sie nicht ändern können. Wir können die Jahreszeiten nicht ändern, deshalb ist es unsinnig, sich im Winter über Schnee und Kälte, und im Sommer über die Hitze aufzuregen. Jede Jahreszeit hat ihren ganz eigenen Charme. Wenn ich am Kanal oder an der Loisach entlang laufe, sehe, höre und rieche ich jedes Mal etwas anderes. Ich erlebe, wie sich das Land und die Tiere im Wandel der Jahreszeiten verändern, welche Farben jeweils vorherrschen und wie sich der Boden bei der jeweiligen Temperatur anfühlt. Ich kann aus ganzem Herzen sagen, dass ich jede unserer europäischen Jahreszeiten liebe, und dass ich keine missen möchte.

Natürlich können wir auch unseren Geburtstag nicht ändern, und es ist sinnvoller, sich mit den Gegebenheiten auseinander zu setzen, sich die Neigung der Sterne zum Zeitpunkt unserer Geburt zu betrachten, und unsere Stärken und Schwächen besser kennen zu lernen.

Andererseits gibt es viele Dinge, die wir sehr wohl ändern können, und deren veraltete Version wir immer wieder loslassen dürfen.

Leider haben wir das selten gelernt. Viel zu oft können wir nur die andere Seite, das Klammern, Festhalten und Sammeln, gut. Dabei leben wir in einer dualen Welt, deren universelles Gesetz des Ausgleichs immer gültig ist.

Das Geben und Nehmen, das Sterben und Werden, sie gehören dazu, auch wenn es uns schwer fällt, das auch zuzulassen und umzusetzen.

Wenn wir nicht loslassen können, bekommen wir immer wieder neue „Loslass-Übungen", um es eines Tages doch noch zu lernen. Mütter lernen, ihre Kinder loszulassen, wenn sie flügge werden. Und doch kenne ich einige Mütter, die bei dem Gedanken, dass ihr Kind nun ein Jahr im Ausland arbeiten will, in eine tiefe Krise stürzen, obwohl es sich nur um den Gedanken und noch nicht um die tatsächliche Situation handelt.

Vor allem bei Menschen, die den 2. Weltkrieg oder die Nachkriegszeit miterlebten, kann ich dieses Klammern und Sammeln beobachten. Es gibt alte Häuser, die vom Keller bis zum Dachboden mit Möbeln und Gegenständen vollgestopft sind, weil die Besitzer es nie lernten, loszulassen und zu vertrauen. Man könnte ja diesen Schrank und das Bett, und jenen

Korb und diese Truhe, das Regal und den Mantel, und dies uns das vielleicht doch noch irgendwann einmal gebrauchen...

Natürlich ist das nachvollziehbar. Wer diesen Mangel am eigenen Leibe in derart drastischer Form erlebt hat, wird sich schwer tun, in das Gefühl der Fülle hinein zu wachsen. Und doch erlebe ich mehr und mehr, dass alles möglich ist, sobald man sich bewusst wird, was wirklich im Leben relevant ist, was tatsächlich noch benötigt wird, und was andererseits seit Jahren nur da ist, um die Staubschicht dicker werden zu lassen.

Es geht nicht nur um materielle Dinge wie Möbel und Kleidung, von denen wir uns von Zeit zu Zeit trennen dürfen. Auch Beziehungen, Freundschaften, Arbeitsverhältnisse und karmische Energien können schon lange nicht mehr zu uns passen, uns nur noch auslaugen und für körperliche Symptome sorgen. Dann ist es unumgänglich, diesen nachzugehen und die Ursachen zu erforschen.

Plötzliche Ängste, Zorn, Wut, eventuelles Opfergefühl, Machtlosigkeit und sogar fanatische, unerklärliche Zuneigungsgefühle zu anderen Menschen beruhen oft auf karmischen Ursachen. Ich habe im Laufe der letzten 20 Jahre mehrfach erleben dürfen, wie sich Ängste, Opfergefühl und sogar körperliche Schmerzen völlig auflösten, nachdem ich die Möglichkeit bekam, alte Verbindungen aus anderen Inkarnationen loszulassen.

In anderen Leben, zu anderer Zeit oder auf anderer Ebene gab es Streit, Mord, Unfälle, Machtkämpfe, Vergewaltigungen, ungelöste Leidenschaften und vieles mehr. So oft waren wir schon verstrickt in diese nur allzu menschlichen Situationen.

Wenn solche Gegebenheiten nicht am Ende des Lebens aufgelöst, vergeben und ins Licht gelassen wurden, sondern als Groll, Wut, Eifersucht oder in Form eines Schwurs über den Tod hinaus mitgenommen wurden, dann haben wir sie auch im neuen Leben in unserer Energie. Sie wollen gesehen und aufgelöst sein, sie weisen uns den Weg aus der Spirale des Karmas, hinein in ein achtsames und selbstbestimmtes Leben. Indem wir uns unserer alten Verstrickungen bewusst werden, und anerkennen, dass wir da noch etwas loslassen, vergeben und bearbeiten dürfen, verändert sich nicht nur die Sichtweise, sondern auch die Beziehung zu den Menschen, mit welchen wir jetzt inkarniert sind, merklich zum Positiven hin.

Nicht immer ist der Hintergrund einer unguten Situation karmisch. Manchmal handelt es sich um ganz profane Dinge.

Im Frühsommer 2017 etwa, fühlte ich mich in meiner Wohnung sehr eingeengt. Ich fühlte mich regelrecht erdrückt und kam dann auf die Idee, in einen speziellen Wohnwagon (27) umzuziehen. Ich sah dies als einzige Möglichkeit, mich wieder wohl fühlen zu können, und versuchte, das dafür nötige Kapital irgendwie aufzutreiben. Der in Wien konzipierte und gebaute Wohnwagon ist kein herkömmlicher Wohnwagen oder Bauwagen. Er besteht aus biologischen, regionalen Materialien und ist komplett autark. Mit eigener Grünkläranlage, eigener Solaranlage, einem eigenen Wasserkreislauf, einer Komposttoilette und vielen anderen technisch ausgefeilten Accessoires entsprach und entspricht er genau meiner Vorstellung, wie ich in Zukunft leben will.

Doch was ich auch versuchte, ich schaffte es nicht, das teure Objekt zu finanzieren und wurde immer frustrierter. Ich fühlte mich nicht wohl, ich wollte raus aus der Kleinstadt, hinein in die Natur, ganz alleine, ohne weitere Menschen, und mich um nichts mehr kümmern müssen.

Da telefonierte ich mit einer lieben Freundin, die mir diesen Rat gab:

„Genau so erging es mir vor einem Jahr. Und dann hab ich überlegt, was ich denn überhaupt alles aus der Wohnung mitnehmen könnte. Ich begann, alles auszusortieren. Jetzt hab ich ein Jahr lang aussortiert und sicher die Hälfte aller meiner Besitztümer weggegeben. Im Internet versteigert, zur Caritas gebracht oder zu anderen sozialen Projekten gegeben. Und was soll ich dir sagen? Jetzt ist meine Wohnung so schön übersichtlich und hell und ich fühle mich wieder richtig wohl!"

Ich nahm den Rat an und steckte mir zwei Ziele. Ziel Nummer eins war es, all meine Besitztümer, die ich weiterhin haben wollte, in meiner Wohnung unterzubringen. Das war nicht ganz so einfach, wie es sich für dich vielleicht anhört, denn ich wohne in einem Haus, zu dem auch noch ein Schuppen und weitere Nebengebäude gehören, und ich nutzte auch Keller und Dachboden. Ziel Nummer zwei war es dann, mein Hab und Gut weiter zu reduzieren, so dass alles in die 33 Quadratmeter des Wohnwagons passen würde.

Nach über einem halben Jahr hatte ich Ziel Nummer eins geschafft, wobei mir wichtig war, nicht einfach alles irgendwo hinein zu stopfen, sondern bewusst auszusortieren, und in den Schränken jeweils ein Fach komplett frei zu lassen. Es gibt in meiner Wohnung aktuell drei Schubläden und drei Fächer, in denen lediglich ein Stück Papier mit der Aufschrift „Freiraum" liegt, obwohl alles, inklusive Langlaufausrüstung und Reisekoffer untergebracht ist. Nur die Rucksäcke zum Bergsteigen und mein

Verlagslager befinden sich noch auf dem Dachboden. Zwei Bücher haben mir bei dieser Aktion ganz besonders geholfen. Das war einmal das Buch „Minimalismus im Haus" von Brendon und Miranda Michaels (28), weil es kurz und knapp alles erklärt, was man zum Minimalismus wissen sollte. Das zweite Buch, das mich zu diesem Thema faszinierte, ist das Buch „einfach leben" von Lina Jachmann (29), in dem unter anderem auch der Wohnwagon aus Wien vorgestellt wird. Es wartet zu den schönen Texten auch mit farblich abgestimmten und ansprechenden Fotos auf, so dass ich es kaum erwarten konnte, alles Überflüssige loszulassen.

Als ich besagtes Ziel eins erreichte, fiel mir auf, dass es mir so erging, wie meiner Freundin. Ich fühlte mich plötzlich wieder sehr wohl in meiner Wohnung, alle Räume fühlten sich frei und luftig an.

Deshalb wanderte der Wohnwagon auf meiner Liste von den nahen zu den etwas ferneren Zielen, wo er jetzt in aller Ruhe auf seine Erfüllung warten kann.

Inzwischen weiß ich auch, dass es beim Minimalismus keinesfalls darum geht, so viel wie möglich loszuwerden, um dann ganz spartanisch und asketisch zu leben. Es geht vielmehr darum, genau diese Aufgabe zu erfüllen: wir dürfen lernen, uns bewusst zu werden, was wir wirklich benötigen, womit wir uns wohl fühlen, und was wir tatsächlich nicht mehr brauchen. Das kann alte Kleidung genauso sein wie alte Fotos und Bücher, Stoffe, aus denen wir mal was nähen wollten, für den Fall, dass wir uns irgendwann eine Nähmaschine zulegen, Erinnerungsstücke, Geschenke, die nur da sind, weil wir den Menschen, der uns damit beschenkte nicht kränken wollen, und die Kiste mit den Langspielplatten, obwohl wir seit zwanzig Jahren keinen Plattenspieler mehr haben und vermutlich auch keinen mehr kaufen werden.

Fällt dir spontan ein, was in deinem Leben schon lange darauf wartet, den Besitzer zu wechseln? Schreib es dir auf und hefte den Zettel auf den Badezimmerspiegel, bis du die Arbeit erledigt hast.

Es ist übrigens unvorteilhaft, überall zugleich aussortieren zu wollen. Viel sinnvoller ist es, sich Schublade für Schublade, Schrank für Schrank, und Regal für Regal vorzunehmen. Manche Behältnisse verlangen sogar nach mehrmaliger Durchsicht, bis sie sich frei und leicht anfühlen.

Bei dieser Gelegenheit kann es auch zu weiteren sehr interessanten Effekten kommen. So las ich zum Beispiel noch in meiner „Minimalisierungszeit" das Buch „Eselsweisheit" von Miroslaw Norbekow. (24). Dieses

Buch eröffnete mir gemäß dem Untertitel den Schlüssel zum Durchblick in vielerlei Hinsicht und half mir, innerhalb weniger Tage, alle meine Lesebrillen loszuwerden. So unglaublich das auch klingen mag, nachdem ich zehn Jahre lang auf jedem Tisch und in jeder Tasche eine Lesebrille mit einer Stärke von 1,5 bis 2 Dioptrien hatte, weil ich meinte, ohne deren Nutzung beinahe blind wie ein Uhu zu sein, lese ich jetzt wieder ohne Brille. Ich sitze in diesem Moment an meinem PC und tippe ganz normal, ich sehe die Tasten klar und deutlich. Ja, ich schreibe mit vier Fingern im Tasten-System. Auf den Bildschirm schaue ich dann zur Kontrolle, und ich kann alles lesen.

Oh, es gab in meiner Jugend einmal einen Verehrer, der sich kein weiteres Mal mit mir treffen wollte, nachdem er erfuhr, dass ich das 10-Finger-System nicht beherrsche, wo er doch auf der Suche nach einer Frau war, die ihm auch im Büro zur Hand ging. Seither gab es für mich keinen Grund mehr, mit zehn Fingern tippen zu lernen.

Doch zurück zur „Eselsweisheit". Dieses Buch enthält an seinem Ende spezielle Augenübungen, die bei regelmäßiger Durchführung und unter Beachtung aller Hinweise dazu beitragen, dass sich die Sehschärfe der Augen rapide verbessert. Das wiederum ist nur möglich, weil unser Körper grundsätzlich so konzipiert ist, gesund und kräftig zu sein und zu bleiben. Muskeln, Sehnen, Gelenke, Arterien, Zellen, sie alle können durch unser Urvertrauen und unseren Glauben zum Positiven hin verändert werden. Das geschieht allein durch die mentale Vorstellungskraft in Zusammenarbeit mit der göttlichen Quelle. Ohne ihr Licht und ihre Liebe sind wir nichts. Ich ertappe mich manchmal selbst dabei, dass ich bei bestimmten Handlungen oder Gedanken nicht bewusst im Urvertrauen war, und dementsprechend unsinnig kommen mir meine eigenen Handlungen und Gedanken dann auch vor.

Dahingegen empfinde ich das bewusste Ändern der eigenen Handschrift als sehr sinnvoll. Die alte Handschrift gehen zu lassen, und sie durch eine neue zu ersetzen, kann sich auf das ganze Leben positiv auswirken. Mir war meine Schrift in den letzten Jahren sehr oft als zu schräg, zu fahrig und zu unleserlich erschienen. Ich habe dies jedoch als gegeben betrachtet. Ich war der Ansicht, dies sei nun einmal meine Handschrift, und ich müsse sie akzeptieren und damit leben. Als ich jedoch vor einem halben Jahr in einer Zeitschrift las, dass die eigene Schrift abänderbar ist, und welche Veränderungen sich dadurch auch im Leben ergeben können, war ich unendlich dankbar und sehr neugierig. Ich machte mich sofort begeistert ans Werk und schrieb ein paar Sätze aufs Papier. Zuerst schrieb ich so, wie in den letzten Jahrzehnten. Schnell, ungenau, sehr schräg. Danach schrieb ich alles noch einmal mit runderen, aufrechten Buchstaben, gut lesbar und etwas langsamer. Ich spürte sofort, dass dies die zu mir gehörige neue Schrift war, als hätte sie bereits darauf gewartet, endlich ans Licht zu kommen. Sie sah für mich viel fröhlicher und klarer aus, und meine alte Schrift kam mir vor wie eine alte Haut, aus der ich nun geschlüpft war.

Und dann bemerkte ich, dass der Wechsel vom Schnellen, Unbedachten hin zum Aufrechten, Fröhlichen auch in meinem Leben stattfand und noch immer stattfindet. Meine neue Handschrift unterstützt mich nun seit mehreren Monaten dabei.

In besagtem Artikel las ich unter anderem auch, dass es sinnvoll sei, die neue Schrift über einen Zeitraum von 40 Tagen regelmäßig zu üben, damit Bewusstsein und Unterbewusstsein sie als gegeben annehmen, und nicht für eine vorübergehende Phase halten.

Das erinnerte mich stark an die Augenübungen, die sich auch über 40 Tage ziehen. Mit großer Freude schrieb ich 40 Tage lang täglich mit der neuen Schrift meine Tagebucheinträge. Inzwischen bin ich mit dem neuen Schriftbild und den Bewegungen der Hand so vertraut, als hätte es nie eine andere Schrift in meinem Leben gegeben. Wenn ich im Tagebuch nach vorne blättere, wo die Einträge der ersten Wochen noch mit der alten Schrift eingetragen stehen, schüttle ich oft lächelnd meinen Kopf und bin sehr dankbar für alles, was zu mir findet, sobald ich etwas altes loslassen kann.

So lernte ich nicht nur, alte Bücher und Kleidungsstücke loszulassen. Auch Partnerschaften, berufliche Ziele und Vorstellungen davon, wie meine Geschäfte zu laufen hätten, durften gehen, weil bereits etwas besseres, stimmigeres darauf wartete, zu mir zu finden. Immer dann, wenn wir das Gefühl haben, dass sich ein Fenster schließt, dürfen wir es getrost loslassen und sich schließen lassen, weil sich daneben eine viel interessantere und breitere Türe öffnet. Wenn allerdings das Loslassen nicht richtig funktioniert, kann es daran liegen, dass du es nicht mit dem Herzen machst, das bedeutet, dass du nicht in Liebe loslässt, und vielleicht das Dankbarsein oder Vergeben für diese Beziehung vergessen hast.

Vergebung

Loslassen ist immer nur dann heilsam und stimmig, wenn wir etwas oder jemanden in Liebe gehen lassen, wenn wir also aus ganzem Herzen mit liebevollen Gedanken loslassen können.

Das klappt nicht immer auf Anhieb.

Da werfen wir schon mal ein altes Foto in die Mülltonne, als würden wir uns die Finger daran verbrennen, oder wir geben einer Kiste mit Erinnerungsstücken einen Fußtritt, weil wir noch immer so wütend auf den Menschen sind, der uns dies einst schenkte.

Das Loslassen gelingt nur, wenn wir gleichzeitig auch vergeben. Anderen Menschen genauso wie uns selbst, denn es gehören immer mindestens zwei zu einem Streit. Worin auch immer unser vermeintlicher Fehler lag, ob wir zu heftig handelten oder zu viel schluckten, Dankbarkeit und Vergebung sind meiner Meinung nach das Wichtigste, um frei zu werden.

Frei von Ballast, frei von alten Dingen, frei von Wut, Ärger und Hass. Wie könntest du denn in königlicher Haltung, aufrecht und edel im Ballengang schreiten, wenn du in dir noch viele unaufgelöste Emotionen trägst?

Emotionen aus deiner Kindheit, deiner Jugend oder auch aus anderen Leben, die sich nun nach und nach zeigen, und dir helfen, noch klarer zu sehen. Dass alles zusammenhängt und dass wir auch über Zeit und Raum hinweg mit allem verbunden sind, hilft mir selbst oft, milder zu werden, in die Vergebung zu gehen, und dann mit leichtem Herzen loszulassen.

Ob du dir ein spezielles Ritual für die Vergebung aussuchst, oder ob du dir einfach vorstellst, wie alle Beteiligten an einer bestimmten, in dir nagenden Situation, zusammenkommen, und sich gegenseitig vergeben, während die Herzen weit und licht werden, Hauptsache ist, du vergibst in Liebe.

Einer Bekannten von mir fiel das mit dem Vergeben sehr schwer. Sie hatte erlebt, dass ihr Auto gestohlen wurde, dass der Dieb aus unerfindlichen Gründen jedoch nicht verurteilt wurde. Wenn wir uns trafen, schimpfte sie über die deutsche Rechtsprechung und über den Dieb, der so glimpflich davon gekommen war. Die Emotionen kochten immer wieder in ihr hoch, bis sie eines Tages den Tipp bekam, dem Dieb doch einfach nur immer und immer wieder im Geiste aus ganzem Herzen zu sagen: „Friede sei mit Dir." Nachdem sie dies mehrmals praktiziert hatte, konnte sie eines Tages auch in die Vergebung gehen. Bald darauf bekam sie ein schönes neues Auto und konnte die Geschichte mit dem Diebstahl aus ganzem Herzen loslassen. Wenn wir einmal anfangen, zu vergeben, werden unter Umständen plötzlich noch mehr unaufgelöste, alte Geschichten auftauchen.

Das ist so, als würden wir in einem Wasserbecken ein Netz mit Bällen am Boden befestigen. Sobald wir das erste kleine Loch in unser „Netz mit alten Emotionen" schneiden, kann der erste kleine Ball an die Oberfläche steigen. Und je mehr Bälle wir an der Oberfläche durch Vergebung aufzulösen lernen, desto größer können die nächsten Bälle sein, und desto schneller können sie nach oben steigen.

Ich möchte dir ein kleines Ritual vorstellen und ans Herz legen, das ich von meiner Freundin und Rohköstlerin Regina Franziska Rau (19) lernte, und das sie mir mit freundlicher Genehmigung zur Verfügung stellt:

Zuerst erinnere ich mich sehr genau an die Situation, die ich auflösen und gerne loslassen möchte. Ich stelle mir ganz genau vor, wie alles zuging, wer wann, warum und wie beteiligt war. Dann zünde ich eine Kerze an, bitte alle Engel und Lichthelfer, oder auch Jesus und Maria hinzu und schließe die Augen.

Mögliches Vergebungsritual – Teil 1

Du setzt dich bequem hin und rufst alle Beteiligten im Geiste zu dir. Du bedankst dich für ihr Kommen und erklärst ihnen, dass du mit Hilfe der Engel ein Vergebungsritual machen möchtest. Danach folgt Teil eins. Du sagst im Geiste: ich vergebe dir alles, was du mir auf allen Ebenen, zu allen Zeiten angetan hast – eventuell nennst du die genauen Hergänge – und gibst alles in die göttliche Liebe, so dass Vergebung stattfindet und alles im göttlichen Licht aufgelöst wird.

Das kannst du noch bekräftigen, indem du dir vorstellst, dass von dir zu deinem Gegenüber ein Seil oder eine Schnur von Nabel zu Nabel gespannt ist, welches diese „alte Geschichte" verkörpert. Wenn du diese Verbindung nun erst auf deiner Seite mit einer imaginären Schere oder mit dem Lichtschwert des Erzengel Michael durchtrennst und dein Gegenüber bittest, dies auch auf seiner Seite zu tun, bekommst du die Gelegenheit, diese alte Verbindung in ein himmlisches Feuerbecken zu legen und zuzusehen, wie die himmlischen Flammen es verzehren und auflösen, wie die Funken tanzen und ins Licht ziehen. Schau genau hin und beobachte, was bei dir im Geiste geschieht. Anschließend ist es wichtig, die Stellen, an denen die Verbindung war, zu versorgen. Du kannst bei euch beiden dort eine mentale Lotosblüte anbringen, oder göttliches Licht hineinfließen lassen, so dass sich diese offene Stelle heilsam schließt. Damit ist der erste Teil auch schon geschehen.

Teil 2

Du bittest nun die Beteiligten auf die selbe Weise wie vorhin, dir auf allen Ebenen und zu allen Zeiten alles zu vergeben. Manchmal dauert es eine Weile, und ich wiederhole dann meine Bitte, bis ich deutlich spüre, dass auch der zweite Teil erfolgreich war.

Teil 3

Jetzt geht es darum, dir selbst zu vergeben. Manchmal sind es nur Kleinigkeiten, die eine große Wirkung hatten, oft sind es jedoch auch Dinge, die sich tief im Gewissen eingegraben haben, und an die du lieber nicht denken wollen würdest. Aus dem tiefsten Innersten auszugraben, was da schon so lange festsitzt, um es endlich zu befreien und in die Vergebung zu geben, kann viele Emotionen freisetzen, Tränen können fließen. Ich kann jetzt auch alles segnen. Danach bedanke ich mich aus tiefstem Herzen bei allen Engeln und lichten Helfern.

Das Glücksgefühl, das ich in solchen Momenten verspüre, ist mit nichts zu vergleichen, weil es ganz tief in mir ist und absolut zu mir gehört. Ich habe oft den Eindruck, als säße die Glücksfee Felicitas in meinem Herzen, und freue sich derart über diese Vergebungen, das Loslassen, über die fließende Liebe und die schönen Erkenntnisse, dass sie vor Freude nur so strahlt.

Vergebung hat übrigens nichts mit Vergessen zu tun.

Vergebung bedeutet nicht, dass etwas von nun an vergessen und aus deinem Leben ist. Vergebung macht es vielmehr einfacher, ursprünglich Schweres in deinem Leben leichter zu nehmen, und es als Bestandteil deines Lebens, deines persönlichen Weges anzusehen und anzuerkennen. Vermeide deshalb, bei einem Vergebungsritual oder auch in der Realität zu sagen, etwas sei vergessen.

Unabhängigkeit

Unabhängigkeit ist ein großes Wort. Viele Menschen beziehen Unabhängigkeit darauf, ein Leben führen zu können, ohne von jemandem oder etwas abhängig zu sein. Weder finanziell noch menschlich. Selbständig Tätige werden gerne als unabhängig bezeichnet, und natürlich auch die ganz, ganz reichen Menschen, von denen die Medien berichten, wie viele Millionen sie besitzen.

Für mich persönlich hat die Unabhängigkeit eine vollkommen andere Bedeutung. Abgesehen davon, dass Loslassen, Vergeben und Dankbarkeit dazu beitragen, unabhängig von altem Groll, alten Verletzungen und alten Mustern zu werden, beschäftigt mich auch die Unabhängigkeit in der heutigen Gesellschaft ganz allgemein. Ich stelle mir die Frage, wie unabhängig und selbständig bin ich als Individuum im Verhältnis zu den mich umgebenden technischen Errungenschaften und angebotenen künstlich erzeugten Substanzen?

Sobald ich mich eines technischen Gerätes oder einer hergestellten Substanz bediene, bin ich sehr schnell davon abhängig.

Mit Substanzen meine ich nicht nur Medikamente, Alkohol und Drogen, von denen ja bekannt ist, dass wir süchtig nach ihnen werden, und dass sie außerdem die inneren Organe schädigen und die Synapsen im Gehirn zerstören.

Ich meine auch die vielen versteckten Dinge wie künstliche Vitamine, Hormone und andere Supplementierungen, die uns von der Wirtschaft als unabdingbar präsentiert werden. So etwa das Smartphone, das scheinbar selbst auf die Toilette mit muss, und keinen Moment der inneren Ruhe und Losgelöstheit mehr zulässt.

In dem Moment, in dem wir verstehen, dass unser Körper grundsätzlich in der Lage ist, ohne all diese künstlichen Dinge zu funktionieren, dass er sogar sich selbst heilen kann und genau weiß, was er gerade braucht, in dem er uns zu bestimmten Pflanzen, Obst und Gemüse „hinzieht", haben wir die Möglichkeit, wirklich unabhängig zu sein.

Ich vertrete die Meinung, dass wir in der heutigen Wohlstandsgesellschaft verlernt haben, wirklich auf uns als Seele, und unseren Körper zu hören. Ich selbst schaue sehr selten und nicht direkt fern. Das heißt, falls ich eine wirklich nährende und interessante Sendung sehen möchte, zeichne ich sie auf. Falls Werbung darin vorkommt, spule ich diese im Schnellsuchlauf vor. Neulich habe ich nicht auf den dafür vorgesehenen Knopf gedrückt und mir die Werbung bewusst angeschaut. Ich finde es bestürzend, wie die heutige Reklame gestaltet ist. Es verlangt sehr viel Konzentration und Bewusstsein, nicht sofort aufzuspringen, und im nächsten Supermarkt all das zu besorgen, was einem hier vorgestellt wird. Material, das derart manipulativ ist und definitiv Abhängigkeit hervorrufen soll, hat meiner Meinung nach keinen Platz in der Öffentlichkeit. Für Menschen, die sich ihrer Eigenverantwortung noch nicht so bewusst sind, ganz besonders für Kinder, ist es sehr schwierig, zu unterscheiden, was sie aus eigenem Impuls kaufen und essen wollen, und was sie lediglich von den Medien übernehmen. Durch das unbewusste Einkaufen und die Abhängigkeit, die daraus entsteht, gelangen nicht nur viel zu viel industrieller Zucker, weißes Mehl und tierische Produkte auf den Speiseplan, auch Geschmacksverstärker und andere chemische Zusätze werden von uns klaglos konsumiert und unseren Kindern serviert, ohne sie zu hinterfragen. Es bedarf einen klaren Kopf und einen starken Willen, um allein in der Ernährungsfrage unabhängig zu bleiben.

Hast du schon einmal ganz bewusst den Inhalt deines Einkaufswagens im Supermarkt betrachtet, bevor du an die Kasse gingst?

Hast du all diese Produkte bewusst in den Wagen gelegt, weil sie auf deinem Zettel standen und du sie wirklich benötigst oder sind da auch Teile drin, die du unterwegs noch aufgeschnappt hast? Vielleicht, weil die Verpackung so ein schönes Muster hat, oder weil der Inhalt dir einen Geschmack verheißt, den du aus der Kindheit kennst, oder weil du mit leerem Magen losgefahren bist und vor lauter Appetit am liebsten den ganzen Laden kaufen würdest?

Für mich ist diese kleine Kontrolle vor der Kasse ein schlaues Experiment, das mir hilft, unabhängiger und gesünder zu bleiben.

Ich bin außerdem eine der letzten Verfechterinnen des Autofahrens ohne Navigationsgerät. Zunächst habe ich mich geweigert, eines zu haben, weil ich in der Vergangenheit mit den Navis meines Exmannes und von Freunden sehr oft die Erfahrung machte, dass sie einen in die Irre leiten können, wenn man auf sie hört, obwohl da so eine Ahnung ist, dass man einen anderen Weg nehmen sollte.

Ich habe mich auch geweigert, eines zu benutzen, weil ich es für unsinnig halte, dass der Staat weiß immer, wo ich gerade fahre. Es geht niemanden etwas an, wann und wo ich mich auf welcher Straße bewege. Ich habe stets legale Ziele und ich halte mich an die Verkehrsregeln. Diese ständige Kontrolle halte ich nicht nur für völlig übertrieben, ich empfinde sie als würdelos.

Der dritte Grund, warum ich kein Navi besitze ist der, dass ich es einfach mag, meinen Orientierungssinn zu schärfen und zu trainieren.

Wir Menschen sind grundsätzlich mit einer sehr guten Orientierung ausgestattet, die jedoch ohne regelmäßiges Training verkümmert, wie ein schlapper Bizeps. Mit jedem Tag mehr, an dem ich mich von einem technischen Gerät leiten lasse, gebe ich mehr Verantwortung ab, anstatt dafür zu sorgen, dass ich mich alleine zurecht finde.

Und es gibt noch einen vierten Grund: ich mag es, mit anderen Menschen ins Gespräch zu kommen. Für gewöhnlich schaue ich mir meine Route im Internet oder auf einer Karte an, schreibe mir die Eckdaten heraus und finde auch ans Ziel. In den sehr seltenen Fällen, in denen ich durch eine überraschende Umleitung oder einen Schreibfehler meinerseits vom geplanten Weg abkomme, fahre ich zur nächsten Tankstelle, einem Bäcker oder einem Lokal, und frage dort freundlich nach. All diese Anfragen werden ebenso freundlich und herzlich beantwortet, ich bekomme sehr genaue Beschreibungen und oft sogar noch nette Hinweise dazu, die mir weit mehr helfen, als ein Navi dies könnte.

Auch auf meinem Handy benutze ich kein Navigationsgerät. Wenn ich es anderweitig nutze, so mache ich das nicht im Gehen oder Laufen oder während anderer Tätigkeiten. Ich bevorzuge es, mit erhobenem Haupt und wachen Augen durchs Leben zu schreiten, und meine Umgebung wahrzunehmen.

Viel zu oft sehe ich Menschen gebeugt an mir vorbei gehen, den Blick auf einen Bildschirm gerichtet, die Gedanken auf die Information aus dem Gerät ausgerichtet. Sie sehen nichts, sie hören nichts. Sie nehmen keine Autos und Straßenbahnen wahr, provozieren damit Unfälle, weil sie nicht ahnen, wie schwierig es ist, eine Trambahn spontan zu bremsen, sie sehen die Bäume nicht, hören die Vögel nicht, stoßen mit ihren Mitmenschen zusammen.

Das ist für mich die größte Abhängigkeit aller Zeiten. Machen wir uns frei davon! Kennst du diese Situationen auch, in denen du ohnehin gerade mit dem Beantworten mehrerer Mails und den täglichen Aufgaben überfordert bist und dein Handy mit eingehenden Nachrichten und Telefonaten noch eins obendrauf setzt? Da wollen irgendwelche Bekannte wissen, was du gerade machst, oder sie schreiben dir, was sie gerade machen, obwohl dich das überhaupt nicht interessiert und du sowieso keine Zeit für ihre alltäglichen Geschichten oder oberflächlichen Themen hast. Freunde schicken schöne Fotos oder Videos mit schönen Texten und Gedichten, die du dann an mindestens fünf andere Freunde verschicken sollst, damit du Glück hast. Und du sitzt da und bist genervt, fragst dich, wie du diesem ganzen Irrsinn entkommen kannst, in die große Unabhängigkeit. Hier kommt mein persönlicher Tipp: ausschalten.

Auch wenn die Industrie es drauf anlegt, diese Tatsache bald zu ändern, noch haben alle unsere technischen Geräte einen Knopf, mit welchem man sie ganz einfach ausschalten oder vom Stromnetz trennen kann.

Das gilt für alle Geräte. Für den Radioapparat und den Fernseher, aus dem stündlich die schlechten, grausamen und unheilvollen Nachrichten quellen, für den Computer, der mit sozialen Netzwerken um sich greift und unsere Lebensfreiheit weiter und weiter einschränkt, für alle Smartphones und Tablets und alles, was da sonst noch in überflüssiger Benutzung ist. Es geht definitiv um die überflüssige Benutzung. Selbstverständlich ist es wunderschön, die hilfreichen Dienste unserer heutigen Geräte in Anspruch zu nehmen.

Ich selbst schreibe meinen Kindern auch hin und wieder eine Nachricht, wenn ich wissen will, ob sie zum Essen zuhause sind. Auch die sozialen Netzwerke nutze ich dann und wann, wenn es gilt, eine interessante Information möglichst schnell an alle Freunde zu senden.

Doch sehe ich meine persönliche Unabhängigkeit darin, die Geräte als das zu betrachten, was sie ursprünglich waren, nämlich Geräte, die uns im Alltag unterstützen können, wenn wir diese Unterstützung gerade brauchen. Und weiter nichts.

Wir sind mit einem Körper ausgestattet, der es uns erlaubt, feinfühlig zu sein. Wir sind in der Lage, zu spüren, dass gleich eine Freundin anrufen wird. Wir können unserer eigenen, unsichtbaren Antennen ausfahren oder einfahren, wir haben das Potenzial, bei Weggabelungen die für uns richtige Abzweigung zu erspüren und wir wissen intuitiv, dass uns ein Freund braucht, weil er in Not ist. Die Voraussetzung dafür ist jedoch, dies zuzulassen, unserem Körper und uns - der Seele - zu vertrauen, und mit ihnen zu üben. Jede und jeder von uns ist mit den gleichen Möglichkeiten ausgestattet, die uns bei entsprechend achtsamer Übung weit mehr Unabhängigkeit schenken, als alle technischen Geräte und künstlichen Nahrungsergänzungen zusammen genommen jemals geben könnten. Unabhängigkeit bedeutet deshalb für mich, dass ich ohne Einflüsse von außen und ohne technische Gerätschaften ich selbst sein kann und darf. Dass ich mein Leben so gestalten kann, wie es sich für mich gut und heilsam anfühlt, dass ich die Farben trage, in denen ich mich wohlfühle, dass ich Nahrungsmittel zu mir nehme, die mich wirklich nähren, und dass ich zu allem, das nicht zu mir gehört, ehrlich und klar „nein" sage.

Unabhängigkeit bedeutet für mich, dass ich mir meine Meinung selbst bilde, unabhängig davon, was die Medien mir servieren.

Unabhängigkeit heißt für mich auch, dass ich dieses Buch schreibe und selbst herausgebe, ohne von einem Verlag abhängig zu sein, der mir mit einem Knebelvertrag das Leben schwer macht, durch Lektoren den Inhalt zensiert, und mir einen winzigen Anteil des Gewinns zukommen lässt, während er sich an meinem geistigen Eigentum bereichert.

Ganz wichtig finde ich die Unabhängigkeit im Bereich der Freizeit. Unser wunderbarer Körper hat alles, um einzig mit ihm allein sportlich zu sein. Unsere Arme und Beine sind vollkommen ausreichend. Natürlich setze ich voraus, dass wir nicht alle nackt herum laufen, sondern der Temperatur angemessen mit Bade-, Freizeit- oder Sportbekleidung gewandet sind. Zum Schutz für unsere Füße haben wir eventuell Schuhe an, die sich mit unserer Sportart vertragen.

Doch alles andere macht uns abhängig.

Warum benutzen wir Fitnessstudios, Maschinen, Geräte, Trimmdichräder und andere Hilfsmittel? Wir benötigen sie nicht wirklich. Zum Laufen, Rennen, Tanzen, Hüpfen, Balancieren, Springen, Rollen, Klettern, Singen und Schwimmen brauchen wir nichts, als unseren beweglichen, mit bester Nahrung gefütterten Körper und unsere Natur, unsere Mutter Erde. So können wir unseren Körper, der unser bester Freund, unser geliebtes Haustier, unser heiliger Tempel, unser wunderbares Fahrzeug und die Wohnstätte unserer Seele in einem ist, spielerisch erhalten, trainieren und in ihm glücklich sein.

Was bedeutet Unabhängigkeit für dich?

Ist sie mit bestimmten Zielen verbunden?

Kleine und große Ziele

Spirituell gesehen könnten wir Menschen bereits glückselig sein und alles wäre in jedem Moment gut, wenn wir schon im Jetzt angekommen wären. Doch ohne die Vergebung und die Dankbarkeit bleiben wir im Gestern verhaftet und erleben unser Leben im Mangel. Schon immer gab es Mönche und Rishis, die sich ein Leben aussuchten, das sie in Abgeschiedenheit und im Moment lebten. Wir wohnen jedoch nicht als Asketen in einer einsamen Berghöhle oder in einem indischen Ashram, wo wir tatsächlich nur immer im Moment leben können. Wir sind inmitten einer westlichen, industriellen Gesellschaft, in der wir leben und wirken, und deren Einflüssen wir uns nicht komplett entziehen können, solange wir in der gesellschaftlichen Struktur verankert sind.

Deshalb machen wir Pläne, um nach bestimmten Rhythmen zu leben, für unseren Lebensunterhalt zu sorgen, unsere Kinder in die Schule zu schicken und vieles mehr.

Für mich ist das Leben in dieser Struktur eine Art „Neigungsfach" in der Schule des Lebens, in der wir grundsätzlich einfach nur von Moment zu Moment leben bräuchten.

Im Neigungsfach kulturelle Gesellschaft darf ich nicht nur planen, sondern mich auf etwas in der Zukunft freuen, auf Ziele hinarbeiten und mich im Wünschen und im Erfüllen derselben austoben.

Das macht meine eigene Lebensschule interessanter und bunter, vielfältiger und umfangreicher. Ohne die kleinen und großen Ziele würde ich das Leben als fad und eintönig empfinden und hätte weniger Kraft und Mut, es zu gestalten.

Wir reden hier über Ziele, die wir theoretisch aus eigener Kraft erreichen können, und die nicht von anderen Menschen, deren guter Laune oder deren Geld abhängen. Natürlich könnte ich mir zum Ziel machen, dass die ganze Welt friedlich ist, und dass kein einziger Krieg mehr stattfindet. Doch habe ich als einzelner Mensch keine Handhabe über die Politik der gesamten Menschheit. Ich kann meine eigenen Ziele immer nur für mich selbst stecken, so dass sie auch nur mich und mein eigenes Leben, mein Umfeld betreffen. Für mich sind selbst ernannte Ziele der Anreiz, mich weiter zu entwickeln, Bücher zu lesen, neue Menschen kennen zu lernen und mein Leben von außen zu betrachten. Doch bei all den Zielen und Wegmarken, die ich mir vornehme, ist es für mich am stimmigsten, dies immer auf lockere Weise zu tun. Ginge ich fanatisch und besessen ans Werk, um etwas zu erreichen, und würde es aus irgendeinem Grund nicht klappen, ich würde mich zu Grunde richten. Deshalb halte ich zum Einen die Ziele für unabdingbar, zum Anderen jedoch ist eine federleichte Einstellung genauso wichtig.

Federleicht bedeutet nicht gleichgültig oder schnoddrig. Federleicht bedeutet, das Ziel zwar vor sich zu haben, um es dann mit der Leichtigkeit einer zu Boden segelnden Feder zu erreichen. Die Feder wird von der Luft getragen und vom Wind gelenkt. Auch wenn die Feder beispielsweise den Boden als Ziel vor sich hat, so könnte sie dennoch zuerst auf einem Baum landen, oder zu einem Hausdach segeln, auf ein Boot fliegen und mit ihm den Fluss hinab treiben, oder im Fell eines zotteligen Bären stecken bleiben, bis sie einst ihr Ziel, wo auch immer das aus kosmischer Sicht sein mag, erreicht. Denn für diese Feder gilt, was auch für uns Menschen zutrifft: der Weg ist das Ziel.

Ohne dir ein kleines oder großes Ziel zu setzen, würdest du dich nicht auf den Weg machen, auf dem dann all das geschieht, was zu dir gehört, und das du ohne ein Ziel nicht sehen, fühlen, hören, schmecken, und erleben würdest.

Bei manchen Zielen reicht es, den Weg anzutreten, bei anderen Zielen ist es dir vergönnt, sie zu erreichen. Manche erreichten Ziele sind wunderbar, bei anderen Zielen spürst du vielleicht, dass es nicht nötig gewesen wäre, sie zu erreichen.

Am Ende spielt es keine Rolle, Hauptsache, du hast den ersten Schritt getan. Den ersten Schritt in ein neues Hobby, in einen neuen Beruf, zu einer neuen Handschrift, zu friedlicherer Nahrung, zum Ballengang, zu mehr Sport oder mehr Kultur, zu farbiger Kleidung, einem eigenen Motorrad oder einer eigenen Wohnung.

Ob du dein kleines Ziel vom wöchentlichen Yogakurs bereits in wenigen Tagen erreichst, ob du nach 40 Tagen keine Brille mehr benötigst, oder ob du in 10 Jahren nach Kanada auswandern willst, bleib einfach dran.

Benenne das Ziel klar, notiere dir alle nötigen Details dazu, schreib ein Ziel-Tagebuch oder erzähle in einem Blog darüber. Rede mit deinen Freunden, meditiere darüber, visualisiere täglich das Endergebnis oder schreib dir selbst einen Brief, den du erst in einem Jahr öffnest.

Du kannst auch all das gleichzeitig machen, die Hauptsache ist es, dass du dich ehrlich und von Herzen auf dein Ziel, beziehungsweise auf deine Ziele zubewegst. Ich habe im Kapitel „Loslassen" bereits von meinem Ziel, in einen Wohnwagon zu ziehen, berichtet. Während ich im Sommer 2017 davon ausging, dass es mir mit himmlischer Hilfe innerhalb weniger Monate gelingen müsste, sowohl das nötige Kapital, als auch einen legalen Standplatz zu bekommen, rückte dieses Ziel im letzten halben Jahr etwas in die Ferne. Kapital und legaler Stellplatz machten sich bisher rar, und mein Ziel, im Wohnwagon zu wohnen, verschob sich in die nähere Zukunft, wenn meine Kinder ganz auf eigenen Beinen stehen, und ich nicht mehr für meinen und ihren Lebensunterhalt sorgen muss.

Mein Ziel vom Wohnwagon ist deshalb nicht kleiner geworden, es ist immer noch da und stets präsent. Es lebt vor meinem geistigen Auge und oft sehe ich mich in meinem Wohnwagon sitzen und beim Fenster hinaus auf den Waldrand schauen. Ich sehe, wie ich meinen Wasser geführten Holzofen einheize und fühle, wie ich barfuß auf dem angenehmen Fußboden aus Altholz gehe. Ich kann die Maserung spüren.

Dadurch, dass es mir letzten Sommer so wichtig erschien, aus der Stadt hinaus zu ziehen, begann ich, den Minimalismus für mich zu entdecken, den ich ohne dieses Ziel vielleicht nicht kennen gelernt hätte. Der Minimalismus selbst bleibt auch eines meiner Ziele, und ich nähere mich ihm momentan in der Geschwindigkeit, mit der sich eine Feder lautlos und leicht durch die Lüfte bewegt.

Ohne Hast und ohne Eile, ohne rationale Sicherheit, das Ziel wirklich zu erreichen, und indem ich es trotzdem nicht aus den Augen verliere.

Mit jedem Erreichen eines kleines Zieles wirst du mutiger, mit jedem neuen Ereignis, das du auf dem Weg zu einem Ziel erlebst, wird das Leben bunter und reicher.

Mit jedem Tagtraum, den du aus ganzem Herzen träumst, veränderst du dein Leben und deine Welt. Mit jedem Ereignis, das dein Leben lichter und schöner macht, wird die Schwingung auf unserer ganzen Mutter Erde angehoben. Mit jedem Traum, der in Erfüllung geht, trägst du die Lebensfreude in die Welt, und hilfst mit, das Glück in dir und anderen zu vermehren. Mit jedem Wesen, das nicht sterben muss, übernimmst du die Verantwortung für dich und dein Umfeld, mit jeder bunten Farbe, die du trägst, bringst du Licht und Freude in den trüben Alltag, mit jedem glücklichen Lächeln spiegelst du das strahlende Licht der Sterne wieder.

Mit jedem ehrlich gesagten „Nein" und jedem herzlichen „Ja" lässt du dein Innerstes leuchten und veränderst somit auch deine Wirklichkeit, indem du sie zu einem Wirk-Licht machst.

Dein Wirk-Licht ist die Art und Weise, wie du dein eigenes Licht leuchten und wirken lässt, wie es in die Welt hineinleuchtet und wirkt.

Ist das nicht einleuchtend? Leuchtet da nicht das göttliche, das alle Schatten überstrahlende Licht ein? Das ist auch wieder so ein Wort, das wir selten bewusst nutzen. Leuchtet dir ein, warum das Wort Wirklichkeit so viel mehr Kraft hat, und dass es uns allen hilft, wenn uns von Zeit zu Zeit etwas ein-leuchtet, um unsere Wirklichkeit zu erhellen?

Indem du majestätisch schreitest und deine Gelenke dabei schonst, zeigst du allen anderen, dass es möglich ist, mit dem uns gegebenen Körper gesund und glücklich zu leben, ohne ihn als Ersatzteillager missbrauchen zu müssen oder ihn mit künstlichen Gelenken zu bestücken.

Mit jedem Sprung in die Luft, jedem fröhlichen Lied, jedem hellen, farbigen Kleidungsstück und jedem herzlichen Lachen zeigst du deinen Mitmenschen, dass das Leben lebenswert und wunderschön ist, dass es sich lohnt, in Eigenverantwortung und Achtsamkeit den persönlichen Weg zu gehen, ohne dabei einem anderen Wesen zu schaden.

So trägst du dazu bei, eine neue Zeit einzuleiten. Eine Zeit ohne Blutvergießen, ohne Wettstreit, ohne Macht- und Egokämpfe. Eine Zeit des Lichts und der universellen, im Griechischen Agape genannten Liebe, die in uns allen schlummert und schon so lange darauf wartet, herausgelassen zu werden und leben zu dürfen.

Eine Zeit des Glücks in dir und mir und allen Wesen, so dass wir gemeinsam singen und tanzen, in Frieden und Gesundheit, in Fülle und Harmonie, als wären wir im Land Fortunarien, umgeben von Glückskleeblättern und der Fee Felicitas, die uns immer wieder gerne einlädt, über die persönliche Brücke ins Glück und in die Glückseligkeit zu kommen.

Worte zu neuen Wegen

Ich danke dir, liebe Leserin, lieber Leser, dass du dir die Zeit gegeben hast, und meiner Brücke ins Glück bis hierhin gefolgt bist.

Ich freue mich sehr, wenn du die eine oder andere Idee für dich selbst ausprobieren und umsetzten möchtest, wenn ich dir Anregungen und Impulse für neue Ziele auf deinem Lebensweg geben konnte.

Die Zeit mit dir auf dieser gemütlichen Bank unter der dunkelgrünen, behütenden Linde habe ich sehr genossen. Nun mache ich mich weiter auf meinen Weg, der schon klar vor mir liegt. Die Sonne neigt sich bereits tiefer und kündet das Ende eines interessanten und mit Glücksmomenten angefüllten Tages an.

Ach, schau nur, hier neben der Bank sprießen ganz viele kleine Glückskleeblätter!

Wie wunderschön. Sie erinnern dich daran, dass du selbst für dein Leben und dein Glück verantwortlich bist, und dass du jetzt viele neue Möglichkeiten hast, um auf dich und dein Glück zu achten und es gedeihen zu lassen. Ich wünsche Dir auf deinem neuen Weg alles Liebe und Gute, vor allem natürlich viel Glück und Segen und ein baldiges Wiedersehen mit deiner Glücksfee Felicitas.

Auf meiner Webseite www.barbara-lexa.de findest du stets die aktuellen Angebote und Kurse zum Thema Lebenskunst & Lebensfreude. Auch meine Jodelkurse kannst du dort buchen.

Meine Bücher, Notenhefte und Tonträger kannst du ganz bequem über www.balexa-verlag.de bestellen.

Wenn du demnächst irgendwo ein Glückskleeblatt siehst, eines verschenkst, geschenkt bekommst, malst oder dir einfach nur innerlich vorstellst, dann weißt du jetzt immer, dass dies ein Zeichen deiner inneren Glücksfee ist.

Und vergiss nicht, dein eigenes Glück beginnt immer in deinem eigenen Leben, in deinem eigenen Umfeld, in deinem eigenen Universum, dessen leuchtende Sonne du selbst bist.

Ich beende meine Brücke ins Glück, die auch eine Brücke ins Licht ist, mit dem tibetischen Gruß „Tashi Delek", der auf Deutsch so viel heißt wie „glückliches Gedeihen".

Mein Dank gilt

...unserer göttlichen Quelle allen Seins, ALLEM WAS IST.
Danke für die Möglichkeit, DICH in mir zu erfahren, DICH in allem Anderen zu sehen und zu entdecken. Danke, dass DU DICH durch mich erfährst, und mich mit DEINER unendlichen Liebe und Güte umhüllst.

Danke allen Wesen auf unserer wunderschönen Mutter Erde und in diesem grandiosen Universum, die dazu beitragen, dass ich auf dem Lebensweg gehen kann, der für mich bestimmt ist.
Danke, dass ihr mir alle auf so unterschiedliche Weise zeigt, wer ich bin und wer ihr seid. Vor allem danke ich dafür, dass wir alle eins sind, und auf unserem Weg zum Licht zusammen arbeiten. Jede und jeder für sich, und doch für alle für einander.

Danke auch an die himmlischen Helfer und Engelwesen, dass ihr auf unsere Bitten hin – im Rahmen des göttlichen Plans – im Hintergrund die Fäden zieht, uns beisteht, und begleitet, damit hier auf Erden im rechten Moment die richtigen Menschen unsere Wege queren, und dass wir dahin geführt werden, wo wir hingehören.

Danke an meine Freundinnen und Probeleserinnen Rosemarie und Bettina für die innovativen Rückmeldungen, konstruktiven Anmerkungen und ehrlichen Tipps.

Danke an meine Freundin Regina Franziska Rau für das aufmerksame und freundschaftliche Lektorat, besonders für die geniale Hilfe beim Formulieren von Gedanken, für welche mir selbst die Worte fehlten.

Danke an meine Tochter Joa und meinen Sohn Leonhard für die achtsamen Blicke auf meine Entwürfe und die hilfreichen Ideen zur Gestaltung des Bucheinbands.

Danke an Gitti Götz und Michael Götz-Emmerling vom Calispera Musikverlag für die freundliche Überlassung des Titels „Die Brücke ins Glück" für dieses Buch sowie die gleichnamigen Seminare mit Regina F. Rau.

Danke, dass ich mit Euer aller Hilfe diese Lektüre schreiben durfte, und dass ihr zu ihrer Vollendung beigetragen habt.

Danke an die wunderbaren Bäume, die einst ihr Leben lassen mussten, damit aus ihren Stämmen Papier gemacht werden konnte.

Danke an die Firma PapeDruck.de in Büren, die es ermöglichte, diese Lektüre innen und außen auf 100% Recyclingpapier drucken zu lassen.

Nachtrag kurz vor Druck der 1. Auflage

Danke, dass sich mit der Brücke ins Glück ein Wunsch erfüllt, den ich 1992 im Alter von 25 Jahren hatte. Damals schrieb ich mein erstes Buch mit dem Titel „Die Kette des Lebens", das ich durch Zuzahlung eines so genannten und wirklich horrenden Druckkostenzuschusses über einen kleinen Frankfurter Verlag heraus brachte, und somit praktisch selbst finanzierte. Dabei handelte es sich um eine persönliche Abhandlung meiner Gedanken und meines damaligen Wissens zu den Themen Spiritualität, Zufall, Farben, Nahtoderlebnis, alte Kulturen, Leben im All, Reinkarnation und Bewusstseins-Evolution. In vielen Meditationen sah ich damals, dass das Titelfoto von strahlendem Orange und sanftem Grün geprägt war. Meine Entwürfe dahingehend wurden jedoch vom Verlag abgelehnt.

Man machte mich darauf aufmerksam, dass ein farbiges Cover weitaus teurer sei, und so gestaltete ich mein Titelbild lediglich in Weiß mit schwarzen Zeichnungen und Symbolen.

Heute, kurz bevor ich diese Lektüre in Druck gebe, fiel mir auf, dass das Cover in Orange und Grün gehalten ist, und dass der Inhalt sich als eine Fortsetzung und Erweiterung meines Wissens von damals und des Buchinhalts von 1992 erweist. So geht mein längst vergessener Wunsch nach 26 Jahren in Erfüllung, ohne dass ich dies bewusst angestrebt hätte.

Das erfüllt mich mich Dankbarkeit und Demut.

Quellenangaben

in der Reihenfolge ihres Erscheinens

(01) Barbara Lexa - Einmal Fortunarien bitte, Barbara Lexa Verlag, 2012

(02) Barbara Lexa - Mein Wechseljahr, Wie sich in 365 Tagen nicht nur meine Ansichten, Einsichten, Aussichten, Perspektiven und Schuhe veränderten.Barbara Lexa Verlag, 2017

(03) Barbara Lexa - Mantras auf Boarisch, Notenheft mit 2 CDs Barbara Lexa Verlag, 2016

(04) Barbara Lexa - CD JODELMANTRAS, Barbara Lexa Verlag 2015

(05) Galina Schatalowa - Wir fressen uns zu Tode, Goldmann Verlag 2002

(06) Barbara Lexa - Alte Wurzeln, neue Blattln, Notenheft und CD, Barbara Lexa Verlag, 2018

(07) Friedrich Kluge - Kluge, ein etymologisches Wörterbuch der deutschen Sprache, de Gruyter, 2011

(08) Sabrina Fox - Auf freiem Fuß, Ullstein Buchverlage GmbH, Berlin, 2015

(09) Christopher Mc Doughall - Burn to run, Heyne Verlag, 2015

(10) Dirk Beckmann - Einfach Ballengang, Books on Demand, 2012

(11) Beispiele für Barfußschuhmarken (alphabetisch): Leguano, Merell, Sole Runner, Vibram Five Fingers, Vivo Barefoot

(12) Andreas Campobasso - Stopp! Die Umkehr des Alterungsprozesses Goldmann, ARKANA, 2008

(13) Edmund Székely und Purcell Weaver - Heliand – Evangelium des vollkommenen Lebens, Eduard Frankenhauser Verlag, 1947

(14) Ramón Balcázar - Gabel statt Skalpell - Gesünder leben ohne Fleisch Bio, Polyband/WVG/2010 - DVD, 2012

(15) T. Colin Campbel, China Studie - wissenschaftliche Begründung für eine vegane Ernährungsweise, Verlag Systemische Medizin, 2011

(16) Marc Pierschel - The End of Meat - Eine Welt ohne Fleisch, Alive - Vertrieb und Marketing, 2017- DVD, 2018

(17) Karlheinz Deschner - Kriminalgeschichte des Christentums, Band 7, Rowolt, 2002

(18) Ulrich Seifert - Vegetarier - gottlose Ketzer? Gabriele-Verlag, 2012

(19) Regina Rau, www.regina-rau.de, Reinkarnationstherapeutin, Lebenscoach, Frohkost, Frohkostgipfel, Rezepte u.v.m.

(20) Manfred Kyber - Das Land der Verheißung, Genius Verlag, 2001

(21) Klausbernd Vollmar - das große Buch der Farben, Königsfurt-Urania, 2017

(22) Diana und Michael Richardson - Zeit für Weiblichkeit / Zeit für Weiblichkeit, Innenwelt Verlag, 2016

(23) Marnia Robinson - Das Gift an Amors Pfeil, arbor Verlag, 2009

(24) Hans Schuhbauer und Barbara Lexa - Einstiegshilfen für Aussteiger, Dialog über Mut, Erfahrungen und Möglichkeiten zur erfolgreichen Lebensveränderung, Barbara Lexa Verlag, 2017

(25) Andreas Moritz - Die wundersame Leber- u. Gallenblasenreinigung, Voxverlag, 2008

(26) Spray der Firma Lavylites, www.lavylites.com

(27) Wohnwagon der Firma Wohnwagon in Wien, www.wohnwagon.at

(28) Brendon und Miranda Michaels - Minimalismus im Haus, CreateSpace Independent Publishing Platform 2016

(29) Lina Jachmann - Einfach leben, Knesebeck Verlag, 2017

Ich wünsch Dir
auf Deinen
Brücken und Wegen
innigste Glückseligkeit
und allzeit
Gottes Segen

JODELMANTRAS · Einstiegshilfen für Aussteiger · Jodeln lernen · Ballengang-Tage · Märchen auf Boarisch · Einmal Fortunarien bitte · Mantras auf Boarisch ·